WÄHLT
CHRISTLICHSOZ
WÄHLT
SOZIALDEMOKRA
TISCH!

Neff

GOTTFRIED HEINDL

Die Republik auf Widerruf

oder

Österreich 1918 bis 1945 in Anekdoten

PAUL NEFF VERLAG · WIEN

Ein Band in der Reihe
KLEINE NEFF-BREVIERE
Hrsg. Karl Andreas Edlinger

Einbandabbildung: Archiv der Salzburger Festspiele.
Plakat zu den 11. Salzburger Festspielen 1931.

ISBN 3-7014-0258-2

Einbandgestaltung: Graupner & Partner, München
Gesetzt aus der Borgis Garamond-Antiqua
Gedruckt und gebunden beim Wiener Verlag, Himberg bei Wien
Hergestellt im Auftrag des Paul Neff Verlages, Wien

Vorwort

Österreich ist im November 1918 entstanden und im April 1945 wiedererstanden. Dazwischen hat es viel erlebt. Es hieß zuerst Deutsch-Österreich und dann Österreich, es war zuerst eine demokratische Republik und dann ein autoritärer Ständestaat, und es ging schließlich unter, um nach einer Metamorphose von der Ostmark der Deutschen zum Operationsgebiet der Alliierten, als befreiter und zugleich besetzter Staat wiederzuerstehen.

Die Republik auf Widerruf war voll des Widerspruchs. Politischer Zank kontrastierte mit künstlerischem Glanz, wirtschaftliche Depression mit wissenschaftlichen Höchstleistungen, kleinkarierte Gestalten von provinziellem Zuschnitt mit Geistesgrößen von internationaler Statur. Das Land, dessen Lebensfähigkeit viele bezweifelten, hatte die Kraft, in Philosophie, Psychologie, Rechtswissenschaft und anderen Disziplinen eigenständige Schulen zu entwickeln. Und während die Menschen dieses Landes noch fragten, ob sie denn überhaupt Angehörige einer eigenen Nation seien, entstand in ihrer Mitte die Paneuropabewegung, die das Denken in nationalen Kategorien hinter sich ließ und eine grenzüberwindende Dimension im Zusammenleben der Völker eröffnete.

Dieses Buch versucht in annähernd fünfhundert Anekdoten die widersprüchliche Vielfalt jener Zeit wiederzugeben. Was die Österreicher damals sagten und taten, sollte genügen, um das Klischee von den konsens- und kompromißfreudigen Packlern, die jeden Konflikt verdrängten und jede Konfrontation verabscheuten, zu widerlegen. Die Österreicher nahmen die Kluft, die sie trennte, so ernst, daß sie ihretwegen einen jahrelangen Kleinkrieg mit vielen Opfern auf beiden Seiten führten. Nur ihren Ernst nahmen sie nicht ernst und reduzierten ihre Konflikte auf den Scherz: „Revolution in Österreich ist dann, wenn in Wien die Ringstraßenbahn über die Zweierlinie fahren muß…“

G. H.

KAPITEL I

Hauptsach', der Wein ist guat

oder

EINE REPUBLIK ENTSTEHT

1918 – 1920

Am 21. Oktober 1918, als der Zusammenbruch der Monarchie fast schon Gewißheit war, traten im niederösterreichischen Landhaus in der Wiener Herrengasse die deutschsprachigen Mitglieder des cisleithanischen Abgeordnetenhauses zur konstituierenden Sitzung der „provisorischen Nationalversammlung für Deutschösterreich" zusammen. Hektische Beratungen folgten. In allen Räumen des weitläufigen Gebäudes drängten sich die Menschen, es herrschte ein ständiges Kommen und Gehen, jeder wollte wissen, was die Zukunft bringen würde. Der künftige Chefredakteur des „Tag", Rudolf *Kalmar,* der als junger Reporter ins Landhaus gekommen war, griff daher voll Spannung zum Notizblock, als aus einem der Säle der Ruf ertönte: „Herhören! All's herhör'n!" Zusammen mit vielen anderen Neugierigen drängte sich Kalmar um den Rufenden, der auf einen Tisch gestiegen war, eine Doppelliterflasche in der Hand schwenkte und, statt die erwartete politische Aussage zu verkünden, fröhlich in den Saal rief: „Leut'ln! Leut'ln! Hauptsach', der Wein is guat!!!"

Anton *Kuh* erlebte die Vorgänge im Landhaus aus der Perspektive des „Café Central" und berichtete darüber unter dem Titel „Kleinösterreich wird geboren": „Da im Ständehaus in der Herrengasse die Republik gegründet werden sollte, lief alles aus dem ‚Café Central', um die Ereignisse zu sehen. Auch der Oberkellner Jean guckte hinaus, blieb aber auf dem Treppenabsatz. ‚Die gerechte Empörung des Volkes ...', schallte eine Rednerstimme. ‚Kost mi sechs Kaffee und neun Gebäck', vollendete Jean."

Die Auflösung der Monarchie war in vollem Gange. Karl *Tschuppik*, gebürtiger Prager und Chefredakteur des „Tagblattes" in Wien, bekam in der Redaktion Besuch von Kafkas Freundin Milena, die wissen wollte, wie es in ihrer Heimat zugehe. Also rief Tschuppik die böhmische Reichskanzlei in Prag an, sagte, er sei ein Beamter der kaiserlich königlichen Sicherheitsverwaltung in Wien, bekam aber nur eine Bedienerin an den Apparat. Er wechselte einige Worte mit ihr, legte dann den Hörer auf und sagte: „Das ist das Ende Österreichs." – „Mit wem hast du gesprochen?" fragte ein Freund, der Milena begleitet hatte. „Mit der Bedienerin. Sie hat gesagt, die kaiserlich königliche Sicherheitsverwaltung kann sie am Arsch lekken." – „Sonst hat sie nichts gesagt?" fragte Milena. Darauf Tschuppik: „Kreuzweis. Sie hat gesagt, die kaiserlich königliche Sicherheitsverwaltung kann sie kreuzweis am Arsch lecken."

Kaiser Karl und Kaiserin Zita hielten sich in diesen bewegten Tagen im Schloß Schönbrunn auf. Dort erschien in den späten Abendstunden des 10. November Melanie *Metternich*, die letzte Tochter des Staatskanzlers, den die Revolution von 1848 aus dem Amt gejagt hatte, um die Majestäten zu trösten. „Bitte dem Kaiser zu sagen", meinte sie zu Kaiserin Zita, „er soll sich nicht zu viele Sorgen machen. Revolutionen sind wie Überschwemmungen, sie gehen über das Land und bedecken es, aber sie dauern nicht ewig. Und wenn das Wasser wieder zurückgeht, steigt das Land wieder empor."

Tags darauf, am 11. November 1918, unterzeichnete Kaiser Karl das Manifest, mit dem er „auf jeden Anteil an den Staatsgeschäften" verzichtete. Vergeblich hatte er zuvor Viktor *Adler*, der in der provisorischen Staatsregierung das Staatsamt des Äußeren bekleidete, um Vermittlungsdienste gebeten. Der bereits von schwerer Krankheit gezeichnete Führer der Sozialdemokraten, der so wie der junge Monarch Absolvent des Wiener Schottengymnasiums war, hatte geantwortet: „Habsburg hat den Krieg begonnen. Habsburg soll den Krieg beenden."

Am 12. November 1918 wurde von den Stufen des Parlaments die Republik ausgerufen. Am Abend des gleichen Tages besetzte ein Volkswehrbataillon, dem auch Egon Erwin *Kisch* angehörte, die Redaktion der „Neuen Freien Presse" in der Fichtegasse. Als Kisch, den seine Freunde einen „unerschrockenen Schriftsteller und liebenswürdigen Revolutionär" nannten, mit vorgehaltener Pistole die Redaktionsräume betrat, fand er dort unter anderem seinen Bruder Dr. Paul *Kisch*, einen Redakteur des Blattes, vor. Paul räumte angesichts der revolutionären Übermacht seinen Schreibtisch, rief aber dabei seinem Bruder zu: „Warte, Egon! Das schreibe ich der Mama nach Prag ...!"

Nicht immer ging es so unblutig zu. Bei der Ausrufung der Republik vor dem Parlament war es zu schweren Ausschreitungen gekommen, die zwei Tote und 40 Verletzte forderten, und in den Wochen, die folgten, versuchte die äußerste Linke wiederholt gewaltsam die Macht im Staate an sich zu reißen. Die streitbare Zeitschrift „Götz von Berlichingen" spottete freilich in ihren „Kaffeehausgesprächen" über die Gefahr mit folgendem Dialog: „Glauben Sie wirklich, wir bekommen die Räterepublik? – Gott behüte, so hart sind wir nicht, wir sind weicher, wir bleiben bei der Rederepublik."

Geredet wurde tatsächlich viel. Josef *Redlich*, Finanzminister im letzten kaiserlichen Kabinett Lammasch, besuchte am 14. November die Nationalversammlung, die inzwischen das niederösterreichische Landhaus verlassen hatte und in Anwesenheit von Staatskanzler Dr. Karl Renner im Parlament tagte. Nachher schrieb er in sein Tagebuch: „Da Renner alle halben Stunden, eine dreiviertelstündige Rede hielt, war das Ganze ziemlich langweilig."

Es wurde nicht nur viel geredet, sondern auch viel gesungen. Ein Lied, das man damals in den Straßen Wiens hören konnte, lautete:

„Wer wird denn die Straßen jetzt kehrn?
Wer wird denn die Straßen jetzt kehrn?
Ja, die nobligen Herrn
Mit Zylinder und Stern,
Die werden die Straßen jetzt kehrn!"

Karl *Kraus* dichtete die alte Kaiserhymne um, deren erste Strophe bei ihm nun lautete:

„Gott erhalte, Gott beschütze
vor dem Kaiser unser Land!
Mächtig ohne seine Stütze,
sicher ohne seine Hand!
Ungeschirmt von seiner Krone,
stehn wir gegen diesen Feind:
Nimmer sei mit Habsburgs Throne
Österreichs Geschick vereint!"

Im Lande herrschte Hunger, die Menschen froren, doch in Wien hatten, unbeschadet der Tatsache, daß die letzte Straßenbahn, die durch ein blaues Licht gekennzeichnet war, bereits um 23 Uhr fuhr, die Nachtlokale geöffnet, und der Refrain eines populären Gassenhauers lautete dementsprechend:

„Wenn die letzte Blaue geht,
erst in die Bar der Gent,
der Schlaue, geht."

Die Damen trugen Bubiköpfe, die Tanzkapellen spielten Jazzmusik und in einem anderen vielgesungenen Schlager dieser wilden Zeit hieß es:
„Wir geben den letzten Tizian,
Wenn nur die Mizzi dann
Mit ihrem Strizzi an
Foxtrott trottln kann..."

Der Fürstin Pauline *Metternich* wurde bei einer Ballveranstaltung der neue Modetanz Charleston vorgeführt. Einige Zeit sah sie schweigend zu, dann sagte sie indigniert: „Zu meiner Zeit hat man solche Bewegungen nur im Bett gemacht."

Auch in der Konversation war man freizügiger denn je. Als in einem Wiener Salon mit Liebe zum Detail über Homosexualität diskutiert wurde, erklärte Egon Friedell: „Ich verstehe nicht, wie man homosexuell sein kann. Das Normale ist doch schon unangenehm genug."

Unter dem Titel „Baron Lulu und die Republik" veröffentlichte der „Götz von Berlichingen" ein Gedicht, in dem formuliert wurde, was die Generation der Gestrigen an der Gegenwart genierte. Die erste Strophe lautete:
„Mir sind die neuen Zeiten nicht sympathisch,
Und mich hineinzufinden, fällt mir schwer;
Ich war und werde niemals demokratisch
Und finde die Gesinnung ordinär –
Wo sind die sogenannten Ideale,
Was sind die Folgen dieser Politik?!
Um zehn Uhr schließt man alle Nachtlokale...!
Und so was nennt man eine Republik!"

Während der Weihnachtsfeiertage des Jahres 1918 wurde in den Lokalen der Bundeshauptstadt auf das

Wohl von Kaiser Karl getrunken, der sich nach der Verzichtserklärung mit Gemahlin und Gefolge in das Schloß Eckartsau nahe bei Wien zurückgezogen hatte. Als Staatskanzler *Renner* von den monarchistischen Treuebezeugungen erfuhr, meinte er lakonisch: „Österreich ist eine Republik ohne Republikaner."

Karl Renner, geboren im mährischen Untertannowitz, das nunmehr Dolni Dunajovice hieß, war bereits im Jahre 1907 als sozialdemokratischer Abgeordneter in den Reichsrat eingezogen. Er stammte aus bescheidenen Verhältnissen. Seine Herkunft hat er in dem Gedicht „Jugendzeit – Herrliche Zeit" mit den Worten geschildert:
„Mein Vater kam von Pflug und Roß,
Die Mutter von Herd und Kindern.
Bin armer Bauernleute Sproß,
Das jüngste von achtzehn Kindern."

Als Vorsitzender der provisorischen Staatsregierung mußte Renner nicht nur für einen Ausgleich zwischen Sozialdemokraten, Christlichsozialen und Großdeutschen sorgen, sondern darüber hinaus auch noch mit den Forderungen des linken Flügels seiner Partei fertig werden. Auf Kritik an der sozialdemokratischen Regierungsbeteiligung pflegte er zu antworten: „Lieber auf dem Kutschbock als unter dem Wagen..."

Heftige Auseinandersetzungen gab es auch über das Ausmaß der geplanten Verstaatlichungen in der Wirtschaft. Der linke Flügel der Sozialdemokraten stellte weitgehende Forderungen, doch Renner erklärte lakonisch: „Genossen, Schulden kann man nicht verstaatlichen!"

Recht realistisch beurteilte Renner das Wesen der Koalition, über die er sagte: „Sozialdemokraten und Christlichsoziale sind zwei Wanderer, die im Gebirge in einen Sturm geraten sind und gemeinsam in einem Schneeloch Unterschlupf gefunden haben. Sobald der Sturm vorüber ist, werden sie wieder auf getrennten Wegen zu getrennten Zielen gehen ..."

Einer der zornigen jungen Männer der Linken war der spätere Soziologe Paul *Lazarsfeld*, der in der Studentenbewegung der Sozialdemokraten tätig war und an der Wiener Universität das Lehrfach Psychologie belegt hatte. Seine Studienwahl begründete er mit den Worten: „Erfolgreiche Revolutionen wie in Rußland brauchen Ingenieure. Gescheiterte Revolutionen wie in Österreich brauchen Psychologen."

Der junge Dr. Richard *Berczeller*, der 1938 über Frankreich nach Amerika emigrieren mußte und dort nicht nur als Arzt, sondern auch als Schriftsteller erfolgreich war, arbeitete damals an der Augenabteilung des Krankenhauses der Stadt Wien unter Primarius Professor *Lauber*. Berczeller war überzeugter Sozialdemokrat, Lauber dagegen ebenso überzeugter Monarchist, was nicht ausschloß, daß die beiden einander ausgezeichnet verstanden. So blickte Lauber eines Tages mitten während einer Operation, bei der ihm Berczeller assistierte, auf und sagte: „Wissen S', jetzt kann ich Ihnen genau erklären, warum ich für die Monarchie bin. Damals hat man noch genau gewußt, in welchen Hintern man kriechen muß. Jetzt gibt es so viele Hintern, daß man es nicht mehr weiß!"

1 Das erste Staatsoberhaupt der Republik: Karl Seitz, der spätere Bürgermeister von Wien

2 Der Mann der ersten Stunde: Staatskanzler Karl Renner

Die Parole der ungeduldigen jungen Männer der äußersten Linken innerhalb der Sozialdemokratischen Partei lautete:
„Republik, das ist nicht viel,
Sozialismus ist das Ziel!"

Viktor Adler, der große alte Mann der österreichischen Sozialdemokratie hatte die Schaffung der Republik nicht mehr erlebt; er starb am 11. November 1918. Seinen Platz als Staatssekretär für Auswärtige Angelegenheiten nahm Otto *Bauer*, der große Theoretiker des Austromarxismus, ein. Bauer hatte bereits als zehnjähriger Knabe ein seinen Eltern gewidmetes Schauspiel „Napoleons Ende" geschrieben, in dem sich die prophetischen Worte fanden:
„Ja, wandelbar ist des Menschen Glück,
Oft ergreift ihn plötzlich des Schicksals Tück',
Wenn er befestigt glaubt seine Macht,
Das Unglück kommet über Nacht."

Otto Bauer war ein überzeugter Vertreter des Anschlußgedankens und führte in diesem Sinne im März 1919 Geheimgespräche mit dem deutschen Außenminister Graf Brockdorff-Rantzau. Die Geheimgespräche blieben aber nicht geheim, Clemenceau, der erklärt hatte, „Österreich sei das, was übrigbliebe", und die übrigen Alliierten protestierten gegen die Initiative des österreichischen Außenministers und das den Christlichsozialen nahestehende Witzblatt „Kikeriki" spottete: „Am europäischen Schachbrett ist der (Dr.) Bauer die geringste Figur."

Aber auch der „Götz von Berlichingen", der eher den Sozialdemokraten nahestand, war der Ansicht, daß der Name „Deutschösterreich", den sich die junge Republik gegeben habe, ohne Zukunft sei und spottete in seiner Rubrik „Kaffeehausgespräche“: „Wir müssen doch schließlich einen Namen bekommen. Wir nennen uns Deutschösterreich. Clemenceau nennt uns nur Österreich. Man wird etwas Neues erfinden müssen, einen für uns charakteristischen Namen. - Vielleicht nennen wir uns Operettanien.“

In Niederösterreich war der Sozialdemokrat Albert *Sever* bis zur Lostrennung Wiens am Beginn des Jahres 1920 Landeshauptmann. In dieser Eigenschaft gab er einen Erlaß heraus, mit dem Eheleute, die zwar von Tisch und Bett geschieden waren, nach bestehendem Eherecht aber als verheiratet galten, von diesem Ehehindernis dispensiert wurden und die Möglichkeit zur Wiederverehelichung erhielten. Die Christlichsozialisten attackierten diese sogenannten „Sever-Ehen“ vehement und spotteten: „Es gibt nur eine glückliche Severehe, das ist die Ehe Severs, und die ist keine Severehe.“

Nachdem sich ein Wiener Bezirksdirektor geweigert hatte, die Gültigkeit einer solchen Dispensehe anzuerkennen, und ein Innsbrucker Universitätsprofessor gegen Severs Vorgehen aufgetreten war, veröffentlichte der „Kikeri“, der den Christlichsozialen nahestand, im August 1920 folgende „Rote Bulle“: „In Erwägung, daß gegen die von uns, kraft unserer Unfehlbarkeit, zum Sakrament erhobene Dispensehe nicht nur Anhänger des von uns aufgehobenen Kirchenrechtes, sondern auch Vertreter des bürgerlichen Rechtes und der sogenannten voraussetzungslosen Wissenschaft aufgetreten sind, erklären wir hiermit ex cathedra, daß es im Zeitalter des Sozialismus ein bürgerliches Recht nicht mehr gibt und eine Wissenschaft nur noch unter der Voraussetzung, daß sie uns recht gibt, und verhängen über den Wiener Bezirksrichter Otto Weinberger und den Innsbrucker Univ.-Prof. Doktor Woeß den großen roten Kirchenbann. Gegeben zu Wien, St. Marx, im 2. Jahre unserer Regierung. Papst Severus I. m. p."

Begonnen hatte der „Kikeriki" seine Kritik an Justiz und Zeitgeist bereits am Beginn des Jahres 1919 mit einer Meldung unter dem Titel „Aus dem Gerichtssaal der Zukunft": „Vor dem Spartakistensenat Favoriten gelangte gestern der Fall Maier zur Verhandlung. Maier wurde vorigen Freitag mit einem Hammer in der Hand angetroffen und wollte offenbar einen Nagel einschlagen. Obwohl Maier jede Arbeitsabsicht leugnete, erkannte ihn der Senat der versuchten Arbeit schuldig und verurteilte ihn zu 14 Tagen Arbeitslosenunterstützung."

Erstes Staatsoberhaupt der jungen Republik war der Präsident der Nationalversammlung, Karl *Seitz.* Sein Sekretär war der junge Jurist Adolf *Schärf,* der den Krieg als Offizier an der Front mitgemacht hatte. Schärf befand sich im Oktober 1918 auf Studienurlaub und war gerade im Bezirksgericht Rudolfsheim als Schriftführer tätig, als ihn seine Frau anrief und sagte: „Glöckel läßt dir ausrichten, du sollst ins Parlament kommen." Schärf begab sich daraufhin zu Otto *Glöckel,* der in der provisorischen Staatsregierung Unterstaatssekretär für Unterricht war, und erfuhr von ihm die Bestellung zum Sekretär des Präsidenten der Nationalversammlung mit den wenig ermutigenden Worten: „Geht's gut, sind Sie bei einer großen Sache dabei. Geht's schlecht, werden Sie aufgehängt ...!"

Zwischen Karl Renner, der den rechten, und Otto Bauer, der den linken Flügel der Sozialdemokraten repräsentierte, stand als Sekretär der Partei Dr. Robert Danneberg. Ein Kenner der Materie hat die damalige Situation an der Spitze der Sozialdemokratischen Partei wie folgt beschrieben: „Zuerst kommt der Bauer und sagt, er ist dafür. Dann kommt der Renner und sagt, er ist dagegen. Und dann kommt der Danneberg und macht, was er will."

Eine für Renner weniger schmeichelhafte Definition der Führungsverhältnisse lautete dagegen: „Zuerst wird stundenlang diskutiert. Der Bauer ist radikal und der Renner ist gemäßigt. Dann wird Mittagspause gemacht. Da geht der Renner gut essen und hält sein Mittagsschlaferl. Und wenn er dann ausgeruht und mit rosigen Bakken wiederkommt, ist schon alles so geschehen, wie der Bauer es will!"

Parteiinterne Spannungen gab es auch bei den Christlichsozialen. Vor allem in den Bundesländern war man mit den Zuständen in der Bundeshauptstadt wenig zufrieden. Als im Kreise von Linzer Parteifreunden wieder einmal kräftig über die Regierenden im „Roten Wien" geschimpft wurde, meinte Oberösterreichs Landeshauptmann, Prälat Josef Nepomuk *Hauser*, begütigend: „Schaut's Leut'ln, über die Regierung schimpft jeder, solang bis er selber drinnen sitzt!"

Die überragende Persönlichkeit der Christlichsozialen Partei war Prälat Ignaz *Seipel*, der in der letzten kaiserlichen Regierung Sozialminister gewesen war. Seipel wurde am 16. Februar 1919, bei den ersten Wahlen in der Republik, zum Nationalrat gewählt und schrieb am 22. Februar in sein Tagebuch: „Erster Erfolg als Nationalrat: 2.000 Windeln für das Karolinenspital."

Karl Renner bildete nach der Wahl vom 16. Februar, bei der die Sozialdemokraten 72 und die Christlichsozialen 69 Mandate erhalten hatten, eine Koalitionsregierung. Das Finanzressort übernahm der parteilose Fachmann Universitätsprofessor Josef Alois *Schumpeter.* Als man Schumpeter fragte, ob trotz der angespannten Finanzlage Aussicht auf Anlegung von Budgetreserven bestehe, meinte er lakonisch: „Eher legt sich ein Hund einen Wurstvorrat an, als eine demokratische Regierung eine Budgetreserve."

Als Fachmann von internationalem Ruf war Schumpeter bereits Ende 1918 eingeladen worden, in der deutschen Sozialisierungskommission in Berlin, die unter dem Vorsitz von Karl Kautsky stand, mitzuwirken. Schumpeter, der nicht allzu viel von Verstaatlichung hielt, kommentierte in einem von der Kommission veranstalteten Seminar seine Tätigkeit mit den Worten: „Wenn jemand Selbstmord begehen will, ist es gut, wenn ein Arzt anwesend ist."

Eine der ersten Maßnahmen der neuen Regierung in Österreich war es, die Habsburger des Landes zu verweisen und den Adel abzuschaffen. Adalbert Graf *Sternberg* ließ sich daraufhin Visitenkarten drucken, auf denen zu lesen stand:

„Adalbert Sternberg
aus jenem Geschlecht, welches im Jahre 800 von Karl dem Großen geadelt und im Jahre 1918 von Karl Renner entadelt wurde."

Als man Egon *Friedell* fragte, was er zur Abschaffung des Adels sage, erwiderte er mit erhobener Stimme: „Unsinn! Solange der Hofburgschauspieler Max Devrient durch die Straßen Wiens schreitet, ist der Adel nicht abgeschafft!"

Kaiser Karl hatte sich bereits in den letzten Märztagen ins Schweizer Exil begeben, worauf in Wien der Spottvers umging:

„Gott erhalte unseren Renner,
Gott erhalte unseren Seitz,
Gott erhalt' - man kann nicht wissen,
Unsern Karl in der Schweiz!"

Am 2. Juni 1919 begannen im Pariser Vorort Saint--Germain-en Laye die Friedensverhandlungen, am 10. September unterzeichnete Karl Renner den Vertrag, der den Kriegszustand offiziell beendete, und bald darauf kam eine alliierte Delegation nach Wien, um die Einzelheiten der Reparationsfrage zu regeln. Bei der Interpretation eines Schriftstückes sagte ein österreichischer Unterhändler: „Das ist unsere Lesart." Darauf antwortete der französische Delegierte *Haguenin:* „Aber es ist nicht nur unsere Lesart, und die unsere ist die des Siegers." Als kurz darauf die Kriegsschuldfrage erörtert wurde, sagte der österreichische Delegierte Felix *Somary:* „An jenem Tag, an dem Erzherzog Franz Ferdinand einen unschuldigen serbischen Jüngling ermordete und damit in verruchter Weise den Weltkrieg entfesselte..." Nach kurzem Schweigen fuhr Somary fort: „Wie Sie sehen, habe ich mir die Lesart des Siegers bereits angeeignet!"

Karl Kraus unterhielt sich in Salzburg mit dem ehemaligen kaiserlichen Ministerpräsidenten Heinrich *Lammasch* über die Kriegsschuldfrage und meinte: „Millionen Menschen wären am Leben geblieben, wenn man rechtzeitig einige Chefredakteure gehenkt hätte, vor allem den Benedikt von der ‚Neuen Freien Presse'!" Worauf Lammasch mit erhobener Stimme hinzufügte: „Ja, aber den Funder von der ‚Reichspost' auch!"

Die junge Republik sah sich vor die Frage gestellt, ob sie das kulturelle Erbe, das die Monarchie hinterlassen hatte, erhalten werde können. So lästerte Egon *Friedell* in einem Artikel im „Neuen Wiener Journal“: „Ich für meinen Teil bin daher nicht empfindsam genug, um der Möglichkeit, daß das Burgtheater eines Tages von einer amerikanischen Filmgesellschaft gekauft werden könnte, nicht mit ziemlicher Ruhe ins Auge zu blicken, denn es stellt im Grunde nichts anderes dar, als eines der leuchtendsten Denkmäler des spezifisch österreichischen Schwachsinns.“

Die Republik führte aber nicht nur die Hoftheater und Hofsammlungen ungeschmälert weiter, sondern hatte darüber hinaus die Kraft, neue kulturelle Akzente zu setzen. Am 22. August 1920 fand die erste Aufführung der Salzburger Festspiele statt; Hofmannsthals „Jedermann“ in der Inszenierung Max Reinhardts auf dem Domplatz. Die Einwendungen, daß man diesen Platz nicht durch ein von dem Juden Reinhardt veranstaltetes Spektakel entweihen dürfe, hatte Fürsterzbischof *Rieder* mit den Worten abgeschnitten: „Ein guter Jude ist mir lieber als ein schlechter Christ!“

Ignatius Rieder war in jeder Hinsicht ein treuer Freund der Salzburger Festspiele. Vom Spiel der Burgschauspielerin Hedwig Bleibtreu, die im „Jedermann“ den „Glauben“ verkörperte, war er so begeistert, daß er die Künstlerin zu einem Besuch einlud. Als sein Sekretär die lange Unterredung stören wollte, wies ihn der Fürsterzbischof mit den Worten zurecht: „Ich habe jetzt keine Zeit! Sie sehen doch, der Glaube ist bei mir!“

Im Peterskeller servierten damals noch Patres, worauf Anton Kuh, der bald Stammgast bei den Festspielen war, einmal laut und vernehmlich rief: „Herr Ober – beichten!"

Franz *Schalk* dagegen saß im Café Bazar, wo er, wenn er nicht probte oder dirigierte, Schach spielte. Legendär wurde der Ausruf, mit dem Schalk einmal einen Partner zurechtwies: „Von etwas auf dieser Welt möcht' ich so wenig verstehen wie Sie vom Schachspielen ... !"

Auch Bertha Zuckerkandl, von ihrem Schwager Georges Clemenceau die „liebenswürdige Irre" genannt, gehörte bald zu den Stammgästen Salzburgs. Max *Pallenberg* hat ihre dortigen Auftritte anschaulich geschildert: „Da scharwenzelt sie herum, weißes Kleid, fußfreie Rockerl – und der ganze Fratz ist noch keine siebzig Jahre alt."

Max Reinhardt war ein fanatischer Arbeiter mit eigener Zeitrechnung. Nach einer Probe, die bis elf Uhr nachts gedauert hatte, sagte er zu seinem Regieassistenten: „Ich gehe jetzt nach Hause, ein kleines Nachmittagsschläfchen halten. Wir treffen uns dann um ein Uhr im Österreichischen Hof!"

Einmal wurde Reinhardt gefragt: „Warum beschäftigen Sie eigentlich keinen Dramaturgen?" Seine Antwort lautete: „Wozu brauche ich einen Dramaturgen? Von den guten Stücken hör' ich sowieso, und die schlechten spiel' ich nicht ... !"

Über die Zusammenarbeit mit seinem Bruder Edmund, der sein kommerzieller Direktor war, sagte Max Reinhardt: „In neunundneunzig Prozent der Fälle hat er recht und ich unrecht. Bei einem Prozent hat er unrecht und ich recht. Von diesem einen Prozent leben wir."

Nichts war Max Reinhardt verhaßter als falsche Pose. Als sich bei einer Probe ein Statist durch besonders auffallendes Spiel bemerkbar machte, fragte ihn Reinhardt: „Wie heißen Sie?" – „Renato Wolkendorff", antwortete der junge Mime. Darauf Reinhardt nach einer verblüfften Pause: „Wozu?"

Die schwierige Aufgabe, das ehemalige Hofburgtheater in die republikanische Ära überzuführen, fiel dem Schauspieler Albert *Heine* zu, der das Haus vom 1. November 1918 bis zum 31. Jänner 1921 als Direktor leitete. Heine, ein gebürtiger Braunschweiger, war ein Theaterpraktiker, der jede Situation zu meistern vermochte. Als man ihn fragte, warum das Burgtheater, das von Hans Müller bereits das Hohenzollernstück „Könige" und das Forscherdrama „Der Schöpfer" gebracht hatte, nicht auch dessen Stück „Die Flamme" aufführe, antwortete er: „Also, wissen Se, das ist so. Ich war eigentlich schon bei den ‚Königen' bißchen mißtrauisch, aber ich dachte mir schließlich: Wat weeßt de von Königen, es wird schon stimmen! Na, und dann kam der ‚Schöpfer', und da dachte ich mir wiederum: Du bist ja ooch keen Bakterienforscher, vielleicht sind die Brüder so! Aber bei der Flamme, sehn Se, da bin ich nich' mehr reingefallen, denn det is'n Hurenstück und det Milieu kenn ick!"

Heine war durch nichts zu erschüttern. Ein nicht sehr bedeutender Schauspieler des Hauses, der als Abendregisseur eingeteilt war, ermahnte einen weitaus berühmteren Kollegen, der erst im letzten Augenblick zur Vorstellung erschien, mit dem Hinweis zu Pünktlichkeit, daß er immerhin die Ehre habe, am Burgtheater engagiert zu sein. Der Kollege stellte daraufhin zunächst die rhetorische Frage: „Waßt wos?" und knüpfte daran die Feststellung, daß er mit dem Burgtheater etwas sehr Unappetitliches machen werde. Der Abendregisseur lief sofort aufgeregt zu Heine und erstattete, mühsam nach Worten ringend, Bericht: „Herr Direktor! Der Herr Kollege hat mir gesagt er schößе... schiße ... ich meine, scheiße... auf das Burgtheater! Herr Direktor, ich frage Sie: Was hat zu geschehen?!?" Worauf Heine ungerührt erwiderte: „Nun, zunächst einmal wird er die nicht unerheblichen Reinigungskosten zu bezahlen haben..."

Der Übergang von der Hofoper zur Staatsoper vollzog sich unter einer Doppeldirektion. Richard *Strauss* und Franz *Schalk*, die ihr Amt im November 1918 antraten, waren noch von Leopold von Andrian, dem letzten Intendanten der Hoftheater, berufen worden. Gegen die Bestellung von Richard Strauss hatte es heftige Intrigen aller Art gegeben, doch der Komponist verstand sich anfänglich mit seinem Ko-Direktor ausgezeichnet und meinte scherzend: „Von allen Geistern, die verneinen, ist mir der Schalk am wenigsten zur Last..."

Man hatte Richard Strauss vor der Berufung nach Wien mit dem Hinweis gewarnt, daß dort die Leute so falsch seien. Strauss zerstreute die Bedenken mit der gemütlichen Feststellung: „Falsch san die Leut überall. Aber in Wien san's so angenehm falsch."

Den ersten großen Theaterskandal in der jungen Republik gab es, als am 1. Februar 1921 Arthur Schnitzlers „Reigen" in den Kammerspielen seine Uraufführung erlebte. Die österreichischen Bischöfe wandten sich in ihrem Fastenhirtenbrief gegen das Stück, und im Ball-Almanach der „Concordia" reimte Julius *Bauer:*

„Das Unbeschreibliche
Schreibt der Poet
Das Ewig-Leibliche

Hundertmal geht.
Prüde und Bängliche,
Verdammt nur die Kritzler!
Alles Verfängliche
Sublimiert Schnitzler."

Obwohl die Aufführung in Johlen, Pfeifen und Protesten unterging, schrieb das „Neue Wiener Journal" am nächsten Tag über das Stück mit spöttischer Zurückhaltung: „Die an den Abend geknüpften Erwartungen fanden lediglich in einigen, zum Teil sehr anerkennenswerten Dekolletes im Publikum Ausdruck..."

Die modernen Dramatiker kannten fast keine Tabus mehr. Dementsprechend gab Egon Friedell nach der Uraufführung eines zeitgenössischen Dramas folgendes Urteil ab: „Das Stück ist zweifellos lebenswahr und lebensecht. Alles kommt in ihm vor: Lustmord, Inzest, Ödipuskomplex, bisexuelle Liebe, Notzucht, Erpressung, Schändung Minderjähriger – nur ein Alzerl Sodomie hat mir gefehlt."

Dem Wiener Kaffeehauswitz zufolge skizzierte ein zeitgenössischer Dramatiker ein von ihm geplantes Stück folgendermaßen: „Ein Sohn lebt mit seiner Mutter in einem blutschänderischen Verhältnis. Da erfährt er, daß seine Mutter gar nicht seine Mutter ist. Verzweifelt nimmt er Gift und stirbt."

Der junge Josef *Weinheber* veröffentlichte im Jahre 1920 seinen ersten Gedichtband „Der einsame Mensch". Nach einer Lesung aus seinen Werken in einer Wiener Volkshochschule sagte ihm sein Freund Ernst *Waldinger*: „Schön war's, aber halt ein bisserl hoch für das Publikum." Worauf Weinheber gemütlich antwortete: „Ah, was. Hab' i mi beim Dichten plagt, können sich die Leut' beim Zuhör'n plagen!"

Ebenfalls im Jahre 1920 veröffentlichte die Wienerin Vicki *Baum* ihre beiden ersten Romane: „Frühe Schatten" und „Der Eingang zur Bühne". Ihr erfolgreichstes Buch war der Roman „Menschen im Hotel", für den sie gründliche Milieustudien betrieb. Sie verdingte sich einen Monat lang als Stubenmädchen in einem Berliner Großhotel und zitierte nachher oft den Rat, den ihr der dortige Hausknecht gegeben hatte: „Froillein, jehnse liebe inne Fammillie, denn hier kriegense bloß Schweißfiesse vons Rumloofen auf de dicken Teppiche!"

Vicki Baum schuf mit ihren gepflegten Unterhaltungsromanen eine neue literarische Kategorie. Um ein Werk mit höheren Ansprüchen zu charakterisieren, war es damals chic zu sagen: „Das ist ein Buch oberhalb der Baum-Grenze!"

Der „Grubenhund", der am 22. Februar 1908 im Morgenblatt der „Neuen Freien Presse" das Licht der Welt erblickt hatte, paßte sich mühelos den neuen Zeiten an und feierte fröhliche republikanische Urständ. Die „Reichspost" vom 21. Dezember 1918 veröffentlichte die Zuschrift eines Militärbaudirektors Eduard von Hornegg, in der dieser seinen angeblichen Schwager, einen im Kriegsspital Nr. 9 in Graz befindlichen Oberstleutnant Ruhneburg, gegen Anschuldigungen verteidigte. In dem Schreiben fand sich der schöne Satz: „Es wurde behauptet, mein Schwager habe, als er als Kommandant eines Kriegsmaterialien-Transportes die Station Unter-Leibnitz passierte, bedeutende Mengen wertvollsten und unersetzlichen Kriegsmaterials, darunter 3000 Kilogramm Kupfervitriol, 2000 Kilogramm Karbid, 160 Kisten Wasserstoffoxyd, 15.000 Meter perf. Kupferdraht, über 500 Stück Stahlrohrseelen und 200 Kisten plombierter Zahnräder für Gesteinsbohrer, zu Schleuderpreisen den den Bahnhof umlagernden Händlern verkauft und sich aus dem Staube gemacht."

Am 6. April 1919 war die „Neue Freie Presse" an der Reihe. Sie veröffentlichte an diesem Tage die Zuschrift einer angeblichen Gräfin Marie Wielopolska, die sich mit der Herkunft des bekannten Pianisten Ignaz Paderewski beschäftigte, der soeben zum Präsidenten des neugeschaffenen polnischen Staates gewählt worden war. Unter Berufung auf Memoiren ihrer im Jahre 1804 verstorbenen Urgroßmutter, Frau v. Plasquet, bei der es sich offensichtlich um eine Verwandte der legendären Frau Blaschke handelte, behauptete die Gräfin, ein Ahnherr Paderewskis habe Rewski geheißen, sei als Musikdirektor am Hofe Katharinas II. in Petersburg gewesen und habe am 2. Mai 1779, dem Geburtstag der Zarin, ein von ihm zu ihren Ehren komponiertes Menuett aufgeführt. An diese Mitteilung knüpfte die Gräfin, die falsch war, Feststellungen, die ebenso falsch waren: „Die etwas lange und altmütterliche Schilderung meiner Urahne, welche Zeugin der folgenden Szene war, ergibt, daß Katharina an Rewski die Frage richtete, wie dieses schönste aller Menuette genannt werden solle. ‚Pas-de-Catherine', erwiderte Rewski! Darauf die Kaiserin: ‚Non, mon cher, nous l'appelerons Pas-de-Rewski et que cela suit en même temps notre anoblissement.' (Nein, mein Lieber, wir wollen ihn Pas de-Rewski nennen, und er bedeute zugleich Ihren Adelsbrief, Herr Baron)."

„Die Muskete", die einst eine flotte k. u. k. Kasino-Postille gewesen war, veröffentlichte nun republikanische Raunzereien: „Wir haben jetzt National-, Arbeiter-, Soldaten-, Beamten-, Landes-, Stadt- und Staatsräte, diverse Beiräte, aber noch immer keine Vorräte."

Dem „Café Central" hatte die neue Zeit auch neue Gäste gebracht. Einer von ihnen war der junge Karl *Farkas*, der seine Eindrücke von diesem altehrwürdigen Kaffeehaus mit den Worten schilderte: „Gleich nach dem Mittagessen kamen wir ins Café Central, haben unzählige Glas Wasser und Zeitungen konsumiert, bis vier Uhr nachmittags saßen wir dort, und dann sagten wir noch zum Ober: ‚Jean, reservieren Sie mir einen Stuhl, ich geh' nur rasch nach Hause einen Kaffee trinken.'"

Karl Kraus dagegen, der noch das legendäre Café Griensteidl erlebt hatte, war aus dem Café Central in das Café Imperial übersiedelt. Von dort schilderte er die Prager Dominanz in der Wiener literarischen Szene der Nachkriegsjahre mit den Worten: „Es ‚brodelt', ‚werfelt', ‚kafkat' und ‚kischt'!"

Zum jungen Sigismund von *Radecki* sagte Karl Kraus: „Sollte ich jemals einen Roman schreiben, so würde der in zwei anliegenden Kaffeehauszimmern spielen und einen Zeitraum von zwanzig Jahren umspannen." – „Und was wäre die Handlung?" fragte Radecki. „Die Handlung", erwiderte Karl Kraus, „würde darin bestehen, daß sich ein Kaffeehausgast aus seinem Zimmer ins andere setzt."

Die Literaten in den Wiener Kaffeehäusern waren auf das junge Staatswesen nicht gut zu sprechen. Vor allem Anton Kuh wurde nicht müde, über das kleiner gewordene Österreich zu spotten. So schrieb er einmal: „Österreich? Wer will von Österreich etwas wissen? Für die Neue Welt ist es ein alter Film, für die Alte ein Operettenrefrain, für Mitteleuropa eine Sorge, für Westeuropa eine Last, für die Literatur eine Schmutzkonkurrenz, für Deutschland ein Belang, für die Wiener ein Kerker, für die Berliner ein Diminutiv, für die Entwischten ein Steckbrief, für die Weltgeschichte ein Albdruck, für die Buchhändler ein rotes Tuch – und für alle zusammen: eine Entbehrlichkeit."

Bei anderer Gelegenheit spottete Kuh: „Österreich überall – nur nicht in Österreich! Der arme Kleinstaat an der Donau, dem die Geschichte den stolzen Namen hinterlassen hat, ist bei der Aufteilung des Österreichertums nach dem Sturz am schlechtesten weggekommen: das Pilsnerbier und die gebildete Bureaukratie wanderten nach Böhmen; der Weizen und die Freudenhäuser fielen an Ungarn; Galizien erbte die Schnäpse und das Finanzministerium; Rumänien die Ochsen und die Heimatscheine der Literatur – Österreich aber behielt: die Kriegsanleihe, die Beamten von der 5. Rangklasse abwärts und das Polizeipräsidium."

Die Bundeshauptstadt Wien bezog Anton Kuh in seinen Spott mit ein, als er schrieb: „Unglückliches Land – unglückliche Hauptstadt! – Abgeschnitten vom Zustrom immer neuen Mischbluts, das deine freie, heitere, menschliche Art bewirkte, erscheinst du über kurz oder lang nur noch der bajuwarischen Inzucht preisgegeben. Heute noch die Scherbe eines Großstaats, bist du unaufhaltsam auf dem Weg, dich in eine neue Eidgenossenschaft zu verwandeln: in eine Schweiz der Komfortlosigkeit."

Auch Alfred *Polgar* zählte zu den Spöttern und meinte: „Als Peter Altenberg starb, schrieb mir ein Freund: ‚Kainz ist tot, Gustav Mahler ist tot, Altenberg ist tot.

Wenn Sie mir folgen, sperren Sie Wien zu, hängen Sie den Schlüssel am Westbahnhof und kommen nach Europa."

Die junge Republik charakterisierte Polgar mit dem höhnischen Bild: „Deutschösterreich – wie lieblich liegt es zwischen dem Kinde Znaim und dem Manne Pressburg da!"

Es gab aber auch positive Stimmen. So notierte Hermann *Bahr* in seinem „Tagebuch 1918": „Ein Journalist hat mich einmal einen ‚Austropäer' genannt. Darauf bin ich unbändig stolz, denn besser läßt sich wirklich gar nicht sagen, was ich gern wäre."

Seinen Landsleuten rief Hermann Bahr zu: „Wir österreichischen Deutschen sind auserwählt, Nordsüdler zu werden und Westöstler."

Und der junge Alexander *Lernet-Holenia*, der als hochdekorierter Offizier aus dem Krieg heimgekehrt war, formulierte lapidar: „Österreicher ist, wer es trotzdem ist!"

Tatsächlich gingen die Österreicher schweren Zeiten entgegen. Im Sommer des Jahres 1920 zerbrach die Koalition, und nach den Neuwahlen vom 17. Oktober des gleichen Jahres gingen die Sozialdemokraten in Opposition. Fortan standen die beiden großen Lager der Republik einander in einer Konfrontation gegenüber, die schließlich vierzehn Jahre später, im Februar 1934, in einem blutigen Bürgerkrieg gipfelte. Einen Vorgeschmack der Gehässigkeit künftiger Auseinandersetzungen bot der Abschiedsbrief, den der „Kikeriki" an den abgetretenen Staatskanzler Dr. Renner richtete. Er lautete: „Aus Anlaß Ihres Rücktrittes drängt es mich zu einer feierlichen

Danksagung für die treuen Dienste, die Sie als unfreiwilliger Mitarbeiter meines Witzblattes geleistet haben. Wenn die Zeiten noch so stier, der Stoff noch so knapp war, ein Blick auf Ihre neueste Regierungshandlung genügte, und die gesuchte Dummheit war gefunden, die Nummer gerettet. Und, was die Hauptsache ist, während alles teuer wurde, ja auch Ihre Regierung soll dem Lande teuer zu stehen gekommen sein, hat mich Ihre Mitarbeiterschaft keinen Heller gekostet. Es wird mir schwer sein, für Sie einen würdigen Ersatz zu finden ... Ihr wohlmeinender Kikeriki."

KAPITEL II

Der Seipel g'hört in die Wurstmaschin'

oder

DER HADER DER PARTEIEN

1920 – 1927

Nach den Oktoberwahlen des Jahres 1920 bildete zunächst der Christlichsoziale Michael Mayr ein Kabinett, dem im Juni 1921 der langjährige Polizeipräsident von Wien, Johann Schober, als Bundeskanzler folgte. Die dominierende Persönlichkeit des innenpolitischen Geschehens war aber der Vorsitzende der Christlichsozialen Partei, Prälat Ignaz Seipel. Die sozialdemokratische Opposition wurde nicht müde, von ihm zu verlangen, er möge aus dem Hintergrund treten und die Regierungsverantwortung übernehmen. Am 31. Mai 1922 war es dann soweit. Ignaz Seipel gab als Bundeskanzler im Parlament die Regierungserklärung ab und sagte, zur Opposition gewandt: „Indem Sie, meine Herren, so oft – nun, ich will, da es sich um meine Person handelt, nicht gerade sagen, den Teufel – an die Wand gemalt haben, haben sie wohl dazu beigetragen, daß er nun wirklich kam."

Seipel stammte aus einfachen Verhältnissen und pflegte zu sagen: „Mein Vater war ein Fiaker. Von ihm habe ich die Kunst gelernt, die Staatskutsche zu lenken."

Diesen Vergleich griff Karl Renner auf, als er eine Beteiligung der Sozialdemokraten am Kabinett Seipel mit den Worten ablehnte: „Der Wagen paßt uns nicht wegen des Kutschers."

Seipel war Universitätsprofessor für Moraltheologie. Als er gefragt wurde, wie er die Erfordernisse eines Politikers mit den Ansprüchen eines Moraltheologen vereinen könne, meinte er: „Erstens sage ich weder in der Politik noch in meinen Vorlesungen alles, was ich weiß, und zweitens gibt es so vieles, was wir alle miteinander nicht wissen."

In der ersten Ministerratssitzung bot Seipel seinen Regierungskollegen das Du-Wort mit der Begründung an: „Man kann sich viel leichter eine Grobheit sagen, wenn man per du ist."

Im Christlichsozialen Klub erklärte ein Abgeordneter während der Debatte über einen Gesetzesentwurf: „Dieser Vorlage werden wir niemals zustimmen." – „Herr Kollege", belehrte ihn daraufhin Seipel, „man soll in der Politik niemals niemals sagen."

Als seine vordringlichste Aufgabe betrachtete Ignaz Seipel die Stabilisierung der Währung. Bevor er im August 1922 zu einer Reise in die Finanzzentren Europas aufbrach, charakterisierte die italienische Zeitung „Il Mondo" die österreichische Position mit den Worten:

„Österreich ist der König im europäischen Schach. Er ist selbst unbeweglich, aber sein Verlust entscheidet das Spiel."

Seipel hatte zwar Erfolg, doch die sozialdemokratische Opposition lehnte sein Sanierungswerk nachdrücklich ab. Bald nachdem im Herbst 1922 der Völkerbund in Genf Österreich eine Anleihe gewährt hatte, sang man in Wien das Spottverslein:

„Die Tore gehen auf,
Die Tore vor dem Parlamente.
Und Ignaz Seipel tritt heraus,
In seinem weißen Priesterhemde.
Haut hin, haut hin, so lang ihr könnt,
Er hat ganz Österreich in Genf verschenkt."

Auch ein Kinderverslein gegen Seipel gab es, das lautete:
„Wo g'hört der Seipel hin?
Der Seipel g'hört in die Wurstmaschin'!
Ja, dort g'hört er hin!"

Auch Karl Kraus gehörte zu den Kritikern des Bundeskanzlers, über den er einmal sagte: „Ich habe nichts gegen Seipel, er hat für mich nur den einen Fehler als Politiker, daß er Priester ist, und als Priester, daß er Politik treibt."

Am 7. November 1923, aus Anlaß des fünfjährigen Bestehens der Republik, trug Karl Kraus im Neuen Saal der Hofburg in einer Veranstaltung der „Kunststelle für die Wiener Arbeiterschaft" folgende Nestroysche Zusatzstrophe vor:

„Wir haben einen kleinen,
Aber gemütlichen Staat,
Den saniert jetzt ein Kanzler,
Der is ein Prälat.
Als Prälat zelebriert er
Des öftern die Messe
Und als Kanzler verfolgt er
Dasselbe Interesse.
Doch halt ... man muß ja
Auch der Presse und vor allem
Den Juden, versteht sich
Den reichen, jetzt g'fallen,
Man gibt Gott, was Gottes,
Und daneben den Banken,
Was ihnen gebührt,
Und sie können Gott danken,
Der wieder den Kaiser erhalten
Soll in einer Tour.
So all's zu sanieren,
Na da g'hört was dazur!"

Auch die äußerste Rechte attackierte Seipel heftig. Der Wiener Mittelschulprofessor Kaspar *Hellering*, ein radikaler Deutschnationaler, veröffentlichte in einer Fa-

Beim Parteidoktor.

Kunschak: Weißt Seipel, da kann nicht einmal ich einen Sieg herausdividieren. Da mußt du dem Funder schon deinen Radiergummi leihen.

3 Ignaz Seipel und seine Jünger Leopold Kunschak und Friedrich Funder

Polizeitagung in Bern.

Präsident Schober: Die verläßlichste Waffe der Wiener Polizeidirektion ist aber der Berichtigungsparagraph.

4 Johann Schober, wechselweise Bundeskanzler von Österreich und Polizeipräsident von Wien

schingsausgabe der Zeitschrift „Der Grobian" folgende Schmähung: „Aus dem Tierreich. Seipel, talpa europea = gemeiner Maulwurf, mit schwarzem, dicken Fell, nährt sich von Seelenmaden, richtet aber durch das Zerwühlen des heimatlichen Bodens, wodurch die Wurzeln der nationalen Keime zum Absterben gebracht werden, Schaden an – daher nicht zu schonen."

Den bösen Worten folgten entsprechende Taten. Am 1. Juni 1924 wurde Seipel bei einem Revolverattentat schwer verletzt. Die Genesung des Bundeskanzlers wurde durch seine Zuckerkrankheit erschwert. Fragte man Seipel, wie es ihm gehe, pflegte er zu sagen: „Mit der Gesundheit ist es wie mit der Währung. Entscheidend ist die Stabilisierung, das Niveau, auf dem sie erfolgt, ist nicht so wichtig."

Seipel nahm den Hader um seine Person gelassen hin und erzählte in einer Versammlung der Christlichsozialen Partei in Favoriten: „Ich erinnere mich, wie ich einmal im Parlament einen Zug von Betriebsräten, Arbeitslosen und auch Frauen vor mir sah. Eine der Frauen sagte: ‚Herr Bundeskanzler, wenn Sie heute früh bei uns auf dem Markt gewesen wären, da ist von nichts anderem geredet worden, als vom Aufhängen und von Ihnen.' Ich erwiderte ihr: ‚Ja, liebe Frau, wenn Sie mich aufhängen, wird dann das Brot billiger?' Da gab sie zur Antwort: ‚Is aa wahr...'"

Je erbitterter die Gegner Seipel angriffen, desto treuer scharten sich seine Anhänger um ihn. Ihren kindlich rührenden Ausdruck fand diese Treue in dem sogenannten Seipel-Marsch von Anton *Odic*, dessen erste Strophe lautete:

„Unser Seipel lebe hoch!
Danken wir ihm alles doch,
Aus dem tiefsten Mißgeschick
Führt' er uns zu neuem Glück,
Der sein Leben uns geweiht,
Unser Land von Not befreit,
Gott erhalt' ihn lang uns noch,
unser Seipel lebe hoch!"

Heftig tobte auch der Streit um das Heer. Ressortchef war zunächst der Sozialdemokrat Julius Deutsch gewesen. Nachdem die Sozialdemokraten in die Opposition gegangen waren, wurde 1921 der Christlichsoziale Carl Vaugoin Heeresminister und bekleidete dieses Amt mit einer kurzen Unterbrechung bis zum Jahre 1933. Vaugoin, ein Reserveoffizier aus Scheibbs, der im Weltkrieg beim Train gedient hatte, sah sich mit dem ständigen Vorwurf der Sozialdemokraten konfrontiert, aus dem Bundesheer eine christlichsoziale Parteiarmee zu machen. Bei aller Gehässigkeit hatte man damals aber auch noch Humor, was das Gedicht beweist, das ihm die „Arbeiter-Zeitung" unter dem Titel „Vaugoins Kriegslied oder der Mussolini von Scheibbs" widmete:

„Hoch zu Roß mit Schwert und Tschako
Zieh ich aus zum Kampf per Bacco.
Wie der Duce von Italia,
Denn es naht der Tag der Wahl ja.

Nicht im Land der Makkaroni,
Sondern an der Donau wohn i,
Trink nicht feurigen Chianti,
Bin doch auf die Sozi granti!

Stamm ich auch nicht aus Milano
Mach ich's doch und besser a no

Wie der große Mussolini
Ich der Carlo Vaugoini.

Saß einst auf dem Bock der Kutsche
Mach jetzt wie der Duce Putsche;
Wenn ich noch a bissel warte,
Bring ich es zum Bonaparte!"

Ein Überlebenskünstler der Christlichsozialen Partei war Eduard *Heinl*, der nicht weniger als sechsmal zum Handelsminister bestellt wurde. Hochgewachsen und elegant, war Heinl, der aus einer Hausbesorgerfamilie stammte, der Inbegriff des liebenswürdigen, stets zu einem Kompromiß bereiten Wieners. Nicht von ungefähr erzählte man sich von ihm folgende Geschichte: Ein Sektionschef kommt zum Minister und trägt ihm einen Fall vor. Heinl hört ihm aufmerksam zu und entläßt ihn mit den Worten: „Herr Sektionschef, Sie haben ganz recht." Kurze Zeit darauf erscheint ein dem Sektionschef unterstehender Ministerialrat, trägt eine völlig konträre Version des Falles vor und wird von Heinl mit den Worten entlassen: „Herr Ministerialrat, Sie haben ganz recht." Daraufhin meldet sich der Sekretär, der beide Unterredungen mit angehört hat, zu Wort und sagt: „Herr Minister, Sie haben sowohl dem Herrn Sektionschef als auch dem Herrn Ministerialrat gesagt: ‚Sie haben ganz recht.' Bitte, das verstehe ich nicht!" Worauf Heinl dem Sekretär freundlich zulächelt und sagt: „Sie haben ganz recht..."

Sprachrohr der sozialdemokratischen Opposition war die „Arbeiter-Zeitung", deren Chefredakteur Friedrich *Austerlitz*, das Blatt bereits seit dem Jahre 1895 leitete. Fragte man ihn vorsichtig, wann er gedenke, sein Amt in jüngere Hände zu legen, antwortete er: „Sterben werde ich, aber drängen lasse ich mich nicht."

Austerlitz, als Journalist wie als Jurist Autodidakt und einer der Schöpfer des österreichischen Presserechtes, war eine souveräne Persönlichkeit. Redete ihn jemand, den er nicht näher kannte, mit Genosse Austerlitz an, erklärte er: „Für Sie bin ich der Herr Austerlitz. Wer mein Genosse ist, möchte ich selbst entscheiden."

Karl Renner hatte sich nach seinem Rücktritt als Staatskanzler ganz der Genossenschaftsbewegung zugewandt und wurde deshalb innerhalb der Partei mit gutmütigem Spott den „Konsumperern" zugerechnet. Nicht ganz so gutmütig war die bissige Beurteilung von Austerlitz: „Der Renner ist ein Quartalpolitiker.

Der junge Ernst Fischer, der aus einer Grazer Offiziersfamilie stammte und nach 1934 zu den Kommunisten überging, zündete sich als junger Redakteur der „Arbeiter-Zeitung" einmal im Zimmer seines Chefredakteurs eine Zigarette an. Als er nach einem Aschenbecher fragte, sagte Austerlitz mit ausladender Handbewegung: „Die ganze Welt ist mein Aschenbecher!"

Austerlitz schrieb seine Leitartikel, die meist von außergewöhnlicher Schärfe waren, mit der Hand, und zwar in einer so unleserlichen Schrift, daß es im „Vorwärts"-Haus auf der Rechten Wienzeile nur einen Setzer gab, der sie entziffern konnte. Daran knüpfte sich eine gut erfundene und in Wiener Journalistenkreisen gern erzählte Geschichte: Ein Redakteur der „Arbeiter-Zeitung" brachte eines Tages einen Hahn in die Redaktion, band ihm die Füße zusammen, tauchte die Krallen des Tieres in Tinte und ließ es sodann über einige weiße Blätter laufen, die anschließend in die Setzerei geschickt wurden. Von dort kam dann bald darauf die Vollzugsmeldung:

5 Der gefürchtete und vielgeschmähte Wiener Finanzreferent Hugo Breitner

6 *Julius Tandler, Professor der Anatomie und Wiener Stadtrat für Gesundheitswesen*

„Der Leitartikel vom Herrn Chefredakteur ist schon gesetzt!"

Auch der Parteivorsitzende Otto Bauer war Mitarbeiter der „Arbeiter-Zeitung". Als Ernst Fischer in die Redaktion eintrat, wurde er von Oskar *Pollak*, dem Kronprinzen und Nachfolger von Austerlitz, mit den feierlichen Worten empfangen: „In dieser Redaktion arbeitest du Tür an Tür mit dem größten lebenden Sozialisten!"

Der große Theoretiker des Austromarxismus hatte einen geradezu mythischen Respekt vor proletarischer Herkunft. Ernst Fischer war einmal dabei, als sich Otto Bauer mit einem sozialdemokratischen Betriebsvertrauensmann unterhielt, dem er, obwohl der reichlich ungebildete Funktionär in vielen Fragen offensichtlich völlig falsche Ansichten vertrat, weitgehend recht gab. Nachdem der Mann gegangen war, sagte Fischer: „Aber das war doch ein Dummkopf!" – „Sie sind hochmütig!" wies ihn Bauer zurecht. „Er ist ein Arbeiter!"

Der zweite bedeutende Theoretiker des Austromarxismus war der Philosoph Max *Adler*, den Karl Renner den „Feldrabbiner des Sozialismus" genannt hat. Adler stimmte aber mit Renner in der Ablehnung von jedem unangebrachten Radikalismus überein und formulierte dementsprechend: „Man kann nicht politische und ökonomische Unreife durch die Diktatur ersetzen!"

Während Adler, Bauer und Genossen das Lehrgebäude des Austromarxismus errichteten, widmeten sich die Sozialdemokraten in Wien, das seit dem 1. Jänner 1922 von Niederösterreich losgelöst und ein selbständiges Bundesland war, einer handfesteren Tätigkeit. Sie errichteten Wohnbauten, Kindergärten, Ambulatorien, Bäder und noch viele andere kommunale Einrichtungen. Finanziert wurde diese Bautätigkeit vom Wiener Stadtrat für Finanzen, Hugo *Breitner*, mit Hilfe der von ihm geschaffenen Steuern, den sogenannten „Breitner-Steuern". Seinen Kritikern antwortete Breitner einmal in einer Wahlversammlung mit folgenden drastischen Beispielen: „Vor wenigen Wochen ist das erste städtische Entbindungsheim eröffnet worden. Die Baukosten waren 2,2 Millionen Schilling. Wir haben dieses Entbindungsheim mit der in einem Jahr von den Stundenhotels bezahlten Steuern erbauen können. Auch um die Betriebskosten dieses Heimes braucht uns nicht bange zu sein. Genau so viel wie wir für dieses Entbindungsheim benötigen, zahlt der Jockey-Club an Steuern für die Pferderennen."

Die Reichen stöhnten über Breitners Luxusabgaben, und die Besitzer von Theatern, Kabaretts und Nachtlokalen klagten über seine Vergnügungssteuer. Dementsprechend dichtete der junge Karl Farkas:
„Es herrscht gedämpfte Traurigkeit
In allen Nachtlokälern,
Denn es ist nicht sehr amüsant,
Wenn sich die Einnahmen konstant
Verbreitern und verschmälern..."

Eine Delegation der Betroffenen sprach bei Breitner vor und erhielt von ihm den Bescheid: „Was wir jetzt brauchen, sind nicht Theater, sondern Spitäler." – „Herr Stadtrat", widersprach der Komiker Armin *Berg*, „ich bin aus der Branche. Spitäler brauchen die Kranken. Die Gesunden brauchen Theater."

Stadtrat für Gesundheitswesen war der angesehene Anatom Julius *Tandler*, der die Kritik am Sozialprogramm der Gemeinde Wien mit dem entwaffnenden Ausspruch zu widerlegen pflegte: „Kindergärten bauen heißt Kerkermauern niederreißen."

Trotz der Beanspruchung durch sein öffentliches Amt hielt Tandler weiterhin Vorlesungen an der Wiener Universität, die er durch kleine Scherze aufzulockern pflegte. Dabei sagte ihm einmal ein Student: „Herr Professor, diesen Witz haben Sie uns aber schon voriges Jahr erzählt." Worauf Tandler erwiderte: „Herr Kollege, für zwanzig Schilling Kollegiengeld kann ich Ihnen nicht jedes Jahr einen neuen Witz erzählen."

Tandler fragte einmal einen Prüfungskandidaten nach der Größe der Conjugata vera, die üblicherweise zwischen zehn und zwölf Zentimeter lang ist. Der Student antwortete jedoch: „Fünfundzwanzig Zentimeter, Herr Professor." „Ausgezeichnet", sagte Tandler, „bei dieser Größe kann das Baby bequem im Unterleib spazierengehen und sich aufs Töpfchen setzen."

Eine seiner Vorlesungen begann Tandler mit den Worten: „Meine Damen und Herren! Der Mensch hat viele Öffnungen und vor jeder lauert ein Spezialist."

Eine andere prägnante Formulierung Tandlers lautete: „Diagnosen sind wie das Schicksal – sie sind undurchdringlich."

Leiter des Wiener Stadtschulrates war der Pädagoge Otto *Glöckel*, der in der provisorischen Staatsregierung das Unterrichtsressort geleitet hatte. Sein Reformwerk, mit dem er u. a. aus der Lernschule alter Art eine sogenannte Arbeitsschule machen wollte, war heftig umstritten. So schrieb die „Reichspost" unter die Karikatur eines

Lehrers mit seinem Schüler folgenden Text: „Also sag' Deinen Eltern, Peperl: Wenn sie brav sozialdemokratisch wählen, darfst Du im nächsten Jahr wieder Papier ausschneiden und im Papp herumpantschen; wenn sie aber christlichsozial wählen, mußt Du lesen, schreiben und rechnen lernen!"

Im gleichen Maße, in dem die Christlichsozialen die neue Schule attackierten, setzten die Sozialdemokraten die Schule alter Art herab. So veröffentlichte das Witzblatt „Die Leuchtrakete" folgenden Dialog: Ein Fremder spricht in einem kleinen Dorfe ein Schulbübchen an: „Na, Kleiner, was kannst du denn schon alles?" Der Bub schweigt. „Kannst Du denn schon schreiben?". - „Na." - „Aber lesen kannst Du schon?" - „Na!" - „Und rechnen?" - „A net!" - „Ja, was hast denn bisher gelernt?" - „Ministrieren!"

Vor den Oktoberwahlen des Jahres 1922 veröffentlichte der „Kikeriki" frei nach Schiller „Das Lied vom Glökkel":
„Mit der Kraft vereinter Stimmen
Hebt Klein-Glöckel aus dem Stuhl,
Bei den Wahlen
werft den schlimmen
Feind der Kirche aus der Schul.
Daß der Klachel fort,
Künd die Glocke dort!
Freude es der Stadt bedeute,
Friede sei ihr erst Geläute."

Der linksliberale „Abend", der die Sozialdemokraten unterstützte, reimte dagegen:
„Die beste Schul' der Welt ist da!
Es wirken mit Papa, Mama,

Gebetet wird fast gar nicht mehr,
Das ärgert unsere Pfaffen sehr!"

Stärke und Ansehen der Wiener Sozialdemokraten garantierten aber nicht nur bedeutende Persönlichkeiten wie Seitz und Breitner, Tandler und Glöckel. Das Rote Wien schöpfte vielmehr seine Kraft nicht zuletzt aus der Arbeit unzähliger Vertrauensleute, die ihrer Bewegung mit ganzer Hingabe dienten. Auf der obersten Ebene verkörperte diesen Typus des unermüdlichen Funktionärs der Wiener Stadtrat für Personalwesen, Paul *Speiser*. Er war ein rastloser Arbeiter, der in seiner Aktentasche stets eine Reihe von Notizzetteln bei sich führte und dazu sagte: „Was nicht auf dem Zettel steht, sicherlich verlorengeht." Bisweilen fügte er selbstkritisch hinzu: „Was auf dem Zettel steht, manchmal auch verlorengeht..."

Speisers Bestreben, möglichst viele seiner Parteifreunde mit einer gesicherten Existenz zu versorgen, ging so weit, daß er schließlich scherzend erklärte: „Die Wiener Bevölkerung teilt man ein in städtische Bedienstete und solche, die es werden wollen."

Neben einer gesicherten Existenz war ein gesichertes Dach über dem Kopf der zweite große Wunsch jedes Wieners. Dementsprechend lautete Speisers stete Frage, wenn ihm ein Bittsteller angekündigt wurde: „Will er a Amtskappel oder will er a Wohnung?"

Was die eigene Person betraf, war Speiser völlig anspruchslos. Darunter hatte auch seine Frau zu leiden, die als Lehrerin in Wien tätig war, aber trotz ausgezeichneter Qualifikation nie befördert wurde. Ihre Ernennung zur Direktorin verdankte sie schließlich indirekt dem Führer der christlichsozialen Minderheit in Wien, Leopold *Kun-*

schak, der im Personalausschuß, der unter dem Vorsitz von Speiser tagte, erklärte: „Ich muß eine Beschwerde vorbringen. Ich kenne eine Lehrerin, die ausgezeichnet qualifiziert ist, längst Direktorin sein könnte, aber noch immer nicht ernannt ist!“ Speiser fragte: „Wer ist denn diese Dame?“ Darauf Kunschak: „Herr Stadtrat Speiser, es handelt sich um eine gewisse Therese Speiser!“

Zu den Aufgaben Speisers gehörte es auch, im Auftrag des Bürgermeisters bei Goldenen Hochzeiten und Geburtstagsfeiern betagter Mitbürger zu erscheinen und im Namen des Bürgermeisters zu gratulieren. Meist wurde er bei solchen Anlässen mit Kaffee, Kuchen und Wein bewirtet, und oft sagten Enkel oder gar Urenkel der Jubilare mehr oder minder freiwillig und mehr oder minder geglückt zu Ehren des hohen Besuchers Gedichte auf. Ein besonders aufgeregter Knabe hieß Speiser einmal mit Versen, die er wohl nicht für dieses Fest auswendig gelernt hatte, willkommen:
„Du armes Schwein,
Du tust mir leid,
Du lebst ja nur mehr
Kurze Zeit!“

In der niederösterreichischen Landespolitik ging es meist recht gemütlich zu. Der Finanzlandesrat *Prader*, Vater des nachmaligen Verteidigungsministers der Zweiten Republik, war zugleich auch Finanzreferent der Christlichsozialen Partei. Eines Tages, vor einer wichtigen Abstimmung, ging Prader mit einer beträchtlichen Summe zum Klubobmann der Deutschnationalen und fragte ihn, ob seine Fraktion nicht mit den Christlichsozialen stimmen könne. Prader erhielt eine Zusage und kehrte zufrieden in seinen eigenen Klub zurück. Am fraglichen Tage stimmten die Großdeutschen jedoch entgegen der ursprünglichen Zusage mit den Sozialdemokraten. Wütend stürzte sich Prader auf den Fraktionsführer der Großdeutschen, der ihn lachend mit den Worten abwehrte: „Von die Sozi ham ma mehr kriagt!"

Sprachrohr der Deutschnationalen Partei, kurz Großdeutsche genannt, waren die „Wiener Neuesten Nachrichten". Viele Herren der Redaktion trugen unbeschadet ihrer germanophilen Haltung tschechische Namen. Die „Wiener Sonn- und Montagszeitung" brachte daher eines Tages eine Karikatur, die einige vollbärtige Redakteure der „Wiener Neuesten Nachrichten" am Biertisch zeigte. Der dazugehörige Text lautete:
„Es braust ein Ruf wie Donnerhall,
Wie Wokurka und Wymetal..."

Die Großdeutschen hatten auch noch andere Probleme. Einer ihrer prominentesten Führer, der Vizekanzler Dr. *Frank*, heiratete in vorgerücktem Alter die um viele Jahre jüngere Tochter eines jüdischen Buchhändlers. Worauf ein politischer Gegner im Parlament höhnte: „Ihr habt's wirklich ein Pech: Die Juden verrecken nicht, aber die Recken verjuden...!"

Eine andere prominente Persönlichkeit des großdeutschen Lagers war der oberösterreichische Landeshauptmannsstellvertreter Franz *Langoth*. Als der christlichsoziale Landeshauptmann Josef Nepomuk Hauser starb, zeichnete Langoth für den Trauerkondukt in Linz verantwortlich. Unvergeßlich blieb die Wendung, die er bei der koordinierenden Vorbesprechung gebrauchte: „Sobald die Leiche den Hauptplatz betritt..."

Auf der äußersten Rechten der politischen Szene tauchten die ersten Nationalsozialisten auf, doch anfänglich nahm sie niemand recht ernst. So veröffentlichte „Der Götz von Berlichingen" folgende Scherzfrage: „Was ist für ein Unterschied zwischen der Wüste Sahara und der Nationalsozialistischen Partei? – In der Wüste Sahara werden Kamele von Menschen geführt und in der Nationalsozialistischen Partei – sind lauter Minderjährige."

Tatsächlich hatte die nationalsozialistische Bewegung einen nicht unerheblichen Zulauf von Jugendlichen, nicht zuletzt von Studenten. Handgreifliche Auseinandersetzungen auf akademischem Boden waren an der Tagesordnung, sodaß „Der Morgen" schließlich eine Variante des bekannten studentischen Revolutionsliedes aus dem Jahre 1848 veröffentlichte, in der sich die Strophen fanden:

„Was kommt heran mit Gummiknütteln?
Der Schlagring blinkt, die Fahne weht,
es naht mit Schrein und Fäusteschütteln –
die Universität.

Die Knüttel hoch, das Wissen nieder,
daß es im Sturme abwärts geht?
Der neue Geist faßt Haupt und Glieder –
der Universität."

Die besonders radikale Atmosphäre auf der Wiener Technischen Hochschule charakterisierte „Der Götz von Berlichingen" mit dem Gedicht:

„Es steht ein Haus am Resselpark,
dort tritt man breit den alten Quark,
Die Technik-Professoren, die haben sich
auf Hakenkreuz und Rasse eingeschworen.
Frau Technik hat jetzt einen Spleen:
sie strebt zum Mittelalter hin;
bald baut sie Apparate,

daß nach modernster Technik man
wie einstmals Ketzer brate.“

Radikale junge Männer gab es allerdings auch im konservativen Lager. Fürst Ernst Rüdiger *Starhemberg*, der mit Auszeichnung im Krieg und anschließend in einem Freikorps in Oberschlesien gekämpft hatte, war einer der Initiatoren der Heimkehrbewegung. Seine radikalen Reden waren berüchtigt. So lästerte er über Oberösterreichs Landeshauptmann: „Der Hauser ist ein ‚christlicher Sozi‘, der ausschaut wie ein Bauerng'selchtes: außen schwarz, innen rot...“

Starhembergs Mutter, die Fürstin Fanny Starhemberg, war eine überaus gebildete und kultivierte Dame von ausgeprägtem sozialem Empfinden. Nachdem Starhemberg wieder einmal in einer Rede besonders drastische Ausdrücke gebraucht hatte, sagte jemand zu Bundeskanzler Seipel: „Dabei ist die Mutter so eine gescheite Frau!“ Seipel erwiderte: „Na ja, der hat ja auch einen Vater gehabt!“

Am 28. September 1921 starb in Wien die Fürstin Pauline Metternich, von der man einst gesungen hatte: „Es gibt nur a Kaiserstadt, es gibt nur a Wien, es gibt nur a Fürstin, die Metternich Paulin.“ In ihren letzten Lebensjahren hatte sie sich mehr und mehr von allen gesellschaftlichen Verpflichtungen zurückgezogen und erklärt: „Ich will nicht die Unvermeidliche sein, der man immer begegnet, wenn mehr als zehn Menschen zusammenkommen. Aus der Unvermeidlichen wird leicht die Unerträgliche.“

Die Nachricht vom Tode Pauline Metternichs, die nicht nur eine bekannte Persönlichkeit der Gesellschaft, sondern vor allem auch eine große Wohltäterin gewesen war, prangte auf der ersten Seite aller Wiener Zeitungen, die aus diesem Anlaß mit Trauerrand erschienen. Nur die christlichsoziale „Reichspost" hatte von dem Ableben der Fürstin offenbar überhaupt keine Notiz genommen. Chefredakteur Friedrich Funder, der wegen seines Temperaments ohnehin sehr gefürchtet war, tobte dementsprechend und die gesamte Redaktion war in Aufruhr. Aufgescheucht durch den Lärm, verließ schließlich der älteste Mitarbeiter des Blattes, ein Redakteur, dessen Gnadenbrot es war, die Personalnachrichten zu redigieren, sein Zimmer und fragte: „Was ist denn los? Warum schreit er denn so?" Nachdem man ihm beigebracht hatte, daß der Chefredakteur wütend sei, weil die „Reichspost" nichts über den Tod der Fürstin Metternich gebracht hatte, sagte der alte Redakteur: „Aber des stimmt ja net, des hamma doch eh." Sprach's, holte ein Exemplar des Blattes von seinem Schreibtisch, schlug es auf und begann vorzulesen: „Personalnachrichten. In Wien starben: Metternich, Pauline, 85 Jahre..."

Unter dem Hader der Parteien litt das Ansehen der Politik. Die Tatsache, daß vor dem Parlament eine Statue der Pallas Athene stand, wurde im Volksmund mit den Worten kommentiert: „Die Göttin der Weisheit steht vor dem Parlament, denn drinnen hat sie nichts zu sagen."

Und weil an Sitzungstagen vor dem Parlamentsgebäude die Fahnen aufgezogen wurden, hieß es: „Sind die Lumpen drinnen, sind die Fetzen draußen."

Über den Parteien stand der im Jahre 1920 gewählte Bundespräsident Michael *Hainisch,* den meisten Österreichern als Besitzer der Rekordmilchkuh „Bella" bekannt. Die Verfassung räumte ihm nur geringe Rechte ein; seine rein repräsentativen Funktionen verspottete „Der Götz von Berlichingen" einmal mit folgender Meldung: „Der Bundespräsident wohnte gestern dem einjährigen Bestandsjubiläum des Oberhollerbrunner Kegelklubs bei, eröffnete sodann in feierlicher Weise die neue Wasserrutschbahn in Krumpendorf, besichtigte den in Allentsteig dortselbst gefundenen Riesensteinpilz und stattete dem kürzlich von einem tollwutverdächtigen Maulwurf gebissenen Nationalrat Hinterstoisser im Bludenzer Spital einen Besuch ab."

Hainisch nahm die relative Bedeutungslosigkeit seines Amtes gelassen hin und amüsierte sich köstlich, wenn man in seiner Gegenwart die folgende Anekdote erzählte: Während seines täglichen Spazierganges verliert der Bundespräsident sein Taschentuch. Ein Vorübergehender hebt es auf, eilt dem Präsidenten nach und reicht es ihm. „Danke vielmals", sagt der Präsident und drückt dem Passanten mit ungewöhnlicher Wärme die Hand. Dieser sagt ganz erstaunt: „Was ich getan habe, Herr Bundespräsident, ist doch ganz selbstverständlich und verdient nicht so herzlichen Dank." – „Aber ganz im Gegenteil", ruft der Präsident aus, „das Taschentuch ist für mich sehr kostbar, denn es ist der einzige Gegenstand, in den ich meine Nase hineinstecken darf."

Es gab aber auch zukunftsweisende Initiativen. Am Beginn des Jahres 1923 veröffentlichte Richard *Coudenhove-Kalergi,* Sohn eines österreichischen Diplomaten und einer Japanerin, das Buch „Paneuropa" und gründete die gleichnamige Bewegung, für die er unermüdlich warb. Über das Tempo der europäischen Einigung gab sich Coudenhove-Kalergi keinen Illusionen hin und sagte: „Solange an Paneuropa Tausende glauben, ist es Utopie. Sobald Millionen daran glauben, ist es ein politisches

Programm. Und erst wenn hundert Millionen daran glauben, ist es verwirklicht."

Coudenhove-Kalergi warb auf seinen Reisen unermüdlich für den Gedanken eines vereinigten Europa. Bei einem Besuch in Paris ermunterte ihn Aristide *Briand* mit den Worten: „Marchez vite, vite, vite!" Von der französischen Hauptstadt fuhr Coudenhove-Kalergi nach Genf, wo ihm der Generalsekretär des Völkerbundes, der Engländer Sir Eric *Drummond*, zum Abschied sagte: „Please don't go too fast!"

Derartige Erlebnisse nahm Coudenhove-Kalergi mit dem Kommentar hin: „Um ein Pionier zu werden, muß man ein Optimist sein."

Auf einer seiner Reisen mußte Coudenhove-Kalergi einen Fragebogen ausfüllen, in dem es hieß: „Welche feindlichen Länder haben Sie besucht und zu welchem Zweck?" Daraufhin schrieb der österreichische Diplomatensohn mit der japanischen Mutter: „Land: Japan. Zweck: Geburt."

Die Summe seiner Erfahrungen bei den Bemühungen um die paneuropäische Bewegung faßte Richard Coudenhove-Kalergi in der Erkenntnis zusammen: „Der Versuch, Europa zum christlichen Glauben zu bekehren, ist gelungen. Der Versuch, Europa zur christlichen Moral zu bekehren, ist mißglückt."

Vorläufig litten die europäischen Staaten unter der Inflation. Franz *Molnar*, von einem Aufenthalt in der ungarischen Hauptstadt nach Wien zurückgekehrt, brachte das Problem auf die ironische Formel: „In ganz Budapest gibt es noch zweitausend Pengö, und die gibt jede Nacht jemand anderer aus."

Molnar hatte eine besonders innige Beziehung zum Geld, der er auch den Spitznamen „Scheckspeare" verdankte. Als ihn ein amerikanischer Journalist einmal fragte, wie er Schriftsteller geworden sei, antwortete er: „So wie eine Frau Prostituierte wird. Zuerst habe ich es gemacht, weil es mir Spaß gemacht hat. Dann, weil ich damit anderen Freude bereiten wollte. Und jetzt mache ich es nur mehr für Geld."

Bei anderer Gelegenheit wurde Molnar gefragt, warum das Budapester Nationaltheater seine Stücke nicht aufführe. Er antwortete: „Weil das Budapester Nationaltheater keine Stücke von Juden aufführt." – „Aber der Direktor des Budapester Nationaltheaters ist doch selbst Jude", hielt man ihm entgegen. „Na und?" erwiderte Molnar. „Das ist so wie mit den feinen Restaurants in New York. Die halten sich auch als Portiere Neger, die keine Neger hineinlassen dürfen."

Unbeschadet des Seipelschen Sanierungswerkes war die Lage des österreichischen Staatshaushaltes prekär. Es hieß, die Regierung trage sich sogar mit dem Gedanken, wertvolle Gobelins aus Staatsbesitz zu veräußern, um zusätzliche Einnahmen zu erschließen. Über den Aufschrei, der sich daraufhin in der Öffentlichkeit erhob, machte sich Karl Kraus in der „Fackel" in einem Gedicht unter dem Titel „Alles, nur nicht die Gobelins" lustig, in dem es u. a. hieß:

„Und jeder stöhnt und jeden hört man flennen
und jedem wird persönlich es geschehn:
Ach, von den Teppichen soll ich mich trennen?
Und hab, ich Tepp ich, keinen noch gesehn!"

Selbst Alfred Polgar war der Ansicht, daß die ökonomische Situation kulturelle Abstinenz erfordere, und schrieb im August 1922 im „Prager Tagblatt“ über die Salzburger Festspiele: „‚Festspiele‘ im Lande der krepierenden Wirtschaft sind so was Töricht-Ungeschicktes, wie es eine Gemäldeausstellung in einem Blindenasyl wäre.“

Kritik dieser Art änderte nichts daran, daß 1922 in Salzburg neben dem „Jedermann“ mit „Don Giovanni“ erstmals auch eine Oper und überdies in der Kollegienkirche Hugo von Hofmannsthals „Großes Welttheater“ aufgeführt wurde. Karl Kraus bezeichnete das Vorhaben als „Unterammergau“ und höhnte: „Ehre sei Gott in der Höhe der Preise!“

Die Festspiele waren aber ein großer Erfolg; nicht zuletzt für Max Reinhardt, der Schloß Leopoldskron erwarb und dort rauschende Feste gab. Nach einem Barocksouper bei Kerzenlicht schrieb der Herausgeber der „Stunde“, Imre *Bekessy:* „Der Abend wurde durch einen Kurzschluß beeinträchtigt – anders könnte ich mir nicht erklären, daß die elektrische Beleuchtung durch Kerzen ersetzt wurde.“

Der Bankier Camillo *Castiglioni,* einer der Geldgeber Reinhardts und Ehrengast des Abends, stellte Bekessy wegen des Artikels zur Rede und erhielt die Antwort: „Herr Castiglioni, ich habe nichts gegen Parvenüs. Ich habe nur etwas dagegen, daß sie so tun, als ob sie es nicht wären ...“

Seinem Sohn, der sich später als Schriftsteller Hans Habe nannte, erklärte Bekessy den Unterschied zwischen den alten Reichen und den Neureichen: „Die Rothschilds haben noch Diener, die die Armen hinauswerfen. Die Bosels haben schon Diener, die den Armen Geld geben.“

7 Otto Bauer, Ideologe des Austromarxismus und Parteivorsitzender der Sozialdemokraten

Der steirische Napoleon

Dr. Pfrimer: „So a Pech, daß i glei mit Waterloo anfangen muaß!“

8 Walter Pfrimer, der gescheiterte Putschist des Jahres 1931

Der Ruf von Reinhardts neuem Reichtum drang auch zu Egon Friedell: „Herr Doktor, was sagen Sie dazu, daß dieser Professor Reinhardt ein Schloß, Diener mit Perükken, einen Park und einen See mit Hunderten von weißen und schwarzen Schwänen hat!" Darauf Friedell: „Also ich habe den Reinhardt noch gekannt, da hat er ein Kabinett mit Tisch, Sessel und Bett und höchstens zwei bis drei Schwäne gehabt!"

Bald strömten Gäste aus aller Welt nach Salzburg. So saß der Chef der deutschen Heeresleitung, Generaloberst Hans von *Seeckt*, bei einem Diner in Leopoldskron neben Reinhardts langjährigem Mitarbeiter Rudolf *Kommer*, der ihm erzählte: „Herr General, ich stamme aus Czernowitz. Das ist ein kleines polnisches Kaff, das Sie kaum kennen werden." Worauf Seeckt das Monokel fester ins Auge klemmte und schnarrte: „Natürlich kenne ich Czernowitz! Habe es im letzten Krieg dreimal eingenommen!"

Auch Genies wie Max Reinhardt konnten irren. Zur Einstudierung der Bühnenmusik der „Faust"-Aufführung in der Felsenreitschule wurde ein junger Salzburger Kapellmeister namens *Herbert von Karajan* herangezogen. Die Legende will wissen, daß Reinhardt nachher über diesen Mitarbeiter gesagt hat: „Aus dem wird nie was!"

Der junge Karajan, Sohn eines angesehenen Salzburger Arztes, war ein sehr eloquenter junger Mann. Jedenfalls hieß es über ihn in der Maturazeitung seines Gymnasiums:
„Zum Töten man den Dolch ersann,
Mit Reden kann's der Karajan!"

Karajan ging in sehr jungen Jahren als Kapellmeister nach Ulm. Über seine dortigen musikalischen Erfahrungen sagte er später zu Ernst Haeusserman: „Als ich in Ulm angefangen habe, mußte ich schon aus künstlerischem Selbsterhaltungstrieb immer zwei Orchester gleichzeitig dirigieren: das anwesende, das entsetzlich falsch gespielt hat, und ein imaginäres, das ich mitgehört habe."

Dank der finanziellen Hilfe Camillo Castiglionis konnte Max Reinhardt im Jahre 1924 das Theater in der Josefstadt übernehmen. Zu den Stammgästen des Hauses gehörte Ulrich *Kinsky,* der immer in der ersten Reihe saß und meistens, sofort nachdem er Platz genommen hatte, einschlief. Es hatte sich daher eingebürgert, daß der Inspizient nach einem Blick durch das Vorhangloch zu sagen pflegte: „Wir können anfangen, der Kinsky schlaft schon..."

Salzburg und die Josefstadt genügten Reinhardt als Spielstätten nicht. Er führte auch im Wiener Zirkus Renz das „Mirakel" auf, was Ernst Fischer veranlaßte, in der „Arbeiter-Zeitung" ein Spottgedicht zu veröffentlichen, das mit den Versen schloß:

„Nein, es durfte keiner fehlen,
schon in Anbetracht der Pause:
Alle, die den Seipel wählen,
sind bei Reinhardt wie zu Hause.
Reinhardt – seine Kirche füllt sich –
macht dem Seipel Konkurrenz:
was katholisch ist, enthüllt sich
nirgends wie im Zirkus Renz."

Das Theater in der Josefstadt unter Max Reinhardt war nicht die einzige neue Bühne in Wien. Im September 1922 ging vielmehr ein langgehegter Wunsch der Burgschauspieler in Erfüllung. Seit der Eröffnung des neuen großen Hauses am Ring im Jahre 1888 hatten sie eine zweite, kleinere Bühne verlangt. Katharina Schratt hatte deswegen sogar bei Kaiser Franz Joseph vorgesprochen, doch vergeblich. Was die große Monarchie verwehrt hatte, gewährte nun die kleine Republik. Am 8. September 1922 traten die Burgschauspieler erstmals im Akademietheater im Konzerthausgebäude auf. Man spielte „Iphigenie auf Tauris", doch wegen eines Streiks der Druckereiarbeiter gab es weder Theaterzettel noch Zeitungsberichte. In der weiteren Folge spielte man im Akademietheater freilich kaum Klassiker, sondern lieber Lustspiele. So war eine der ersten Premieren des Jahres 1923 die Komödie „Die Reise in die Mädchenzeit" von Alexander Engel und Hans Sassmann. Über die Aufführung erschien in einem Wiener Blatt eine gereimte Kritik, in der es hieß:

„Der Beifall tobt, es quiekt der Saal,
Vom Himmel lächelt Blumenthal –
und wie zwei Röschen an einem Stengel
erscheinen lieblich Sassmann und Engel..."

Gereimte Rezensionen waren damals keine Seltenheit. Im Volkstheater gab man die Komödie „Der große Name", eine Persiflage auf den Operettenbetrieb, verfaßt vom bekannten Librettisten Viktor Leon unter dem Pseudonym Leo Feld. Die Hauptrolle spielte die schöne Hedwig Rainau, die den Kritiker Julius *Bauer* zu den Versen inspirierte:

„Da gab es pures Walzerglück,
Da sah man Gleiten und Schweben.
Und die Beine der schönen Rainau sich
bis gegen den Himmel erheben!"

Am Deutschen Volkstheater gab es in den Zwanzigerjahren eine Souffleuse, die vierundzwanzig Kinder hatte. Als sie eines Tages die Bilder ihrer zahlreichen Nachkommenschaften auspackte, legte Max Pallenberg die Hand über die Augen, dachte angestrengt nach und sagte: „Geben Sie mir den Vierer und den Siebzehner!" Dann warf er einen kurzen Blick auf die beiden Photos und erklärte: „Ich habe ja gewußt, daß es die zwei Schönsten sind!"

Stefan Zweig und Alexander Lernet-Holenia hatten unter dem Pseudonym Clemens Neydisser gemeinsam eine Komödie „Quiproquo" geschrieben. Hans Liebstöckl verriß nicht nur das Stück, sondern lüftete auch das Inkognito der beiden Autoren, indem er schrieb: „Lernet, Autoren, auf einen grünen Zweig zu kommen!"

Die Burgtheaterdirektoren wechselten damals in rascher Folge. Auf Albert Heine, der das Haus vom 1. November 1918 bis 31. Jänner 1921 geleitet hatte, folgte die erste Direktion Anton *Wildgans*, die aber auch nur bis zum 31. Juli 1922 währte. Wildgans war ein bedeutender Autor, doch vom Theater verstand er nicht allzu viel. Immerhin bemühte er sich zu sparen und legte dem jungen Raoul Aslan nahe, mit einer Kürzung seiner Gage einverstanden zu sein. Aslan winkte gelangweilt ab: „Herr Direktor, in Geldfragen bin ich ein Kind..." Worauf Wildgans erwiderte: „Gewiß, aber ein armenisches Kind..."

Als am 1. August 1922 der Schauspieler und Regisseur Max Paulsen in der Nachfolge von Anton Wildgans die Leitung des Burgtheaters übernahm, schrieb Hermann Bahr in sein Tagebuch: „Wie kann denn das sein? Das wäre doch etwas ganz Neues, daß in Österreich einmal das Richtige geschieht?"

Das Richtige war aber nicht von langer Dauer, denn bereits am 31. Juli 1923 übergab Max Paulsen das Amt an seinen Schauspieler- und Regisseurkollegen Franz *Herterich*, der es dann bis 30. Juni 1930 behielt. Herterich war schwerhörig, was ihn nicht daran hinderte, weiterhin aufzutreten und auch Regie zu führen. So inszenierte er mit großer Pracht das indische Märchenspiel „Vasantasena“, mit Bajaderen, Pferden und einem Elefanten, auf dem Paul Hartmann seinen Einzug hielt. Während einer Probe trompetete der Elefant einmal mit aller Macht hinter der Bühne, worauf Herterich rief: „Sehr gut, Herr Hartmann, nur ein bißchen zu laut...!“

Wer das Burgtheater leitete, war nicht so wichtig, denn die Leute gingen weder wegen des Direktors noch wegen der Stücke in die Vorstellungen. Was das Publikum bewegte, kleidete Robert Musil im Jahre 1922 in die Worte: „Wien hört sich gern eine Theaterstadt nennen. In Wahrheit ist es eine Schauspielerstadt.“

Tatsächlich galt ein Schauspieler in Wien sehr viel, vor allem ein Burgschauspieler. Alexander *Moissi* sagte in diesem Sinne einmal zu Ernst Deutsch: „Man soll in jedem Land das sein, was dort am schönsten ist. Also zum Beispiel in den Dolomiten eine Kuh und in Wien ein Burgschauspieler.“

War den Burgschauspielern die Gage zu gering, gingen sie auf Gastspiel. So traten Alma Seidler und ihr Gatte, Karl Eidlitz, im Johann-Strauß-Theater in einer Offenbachoperette auf. Einer ihrer Partner war der Komiker Arthur *Guttmann*, der ständig in Geldnöten war. Auf einer Probe wurden die Seidler und Eidlitz Zeugen, wie Guttmann auf Erich *Müller*, den Direktor des Hauses, zustürzte und rief: „Herr Direktor, Sie müssen mir tausend Schilling Vorschuß geben oder ich bringe mich um!" Auf Müllers begütigenden Einwand, daß man sich nicht so schnell umbringe, erwiderte Guttmann: „Sagen Sie das nicht, Herr Direktor! Mein Vater hat dreimal versucht, sich aufzuhängen!" Worauf Müller ungerührt erklärte: „Da hätt'er lieber Überzieher werden sollen...!"

Ab dem Herbst des Jahres 1924 hatten die Burgschauspieler eine zusätzliche Möglichkeit, sich einen Nebenverdienst zu schaffen: Die Radio Verkehrs Aktiengesellschaft, kurz RAVAG genannt, nahm den Sendebetrieb auf. Karl Kraus würdigte das Ereignis in der „Fackel" mit dem bissigen Vers:
„Ein Weltfeind, wen dieser Fortschritt verdrossen:
Der Wiener Hausmeister
an den Kosmos angeschlossen!"

Im Juni 1924 starb Franz *Kafka* einsam und weithin unbekannt in einem Sanatorium in Klosterneuburg. Wenige Tage vor seinem Tode hatte Franz *Werfel* den behandelnden Arzt, Professor *Hajek*, schriftlich gebeten, sich des Patienten besonders anzunehmen. Verständnislos zeigte der Professor das Schreiben seinen Assistenten und sagte: „Wer der Kafka ist, weiß ich. Das ist der Patient auf Nummer 12. Aber wer ist der Werfel?"

In der Wiener Staatsoper ging die Doppeldirektion Strauss-Schalk im Jahre 1924 zu Ende. Die Meinungsverschiedenheiten zwischen den beiden Künstlern waren zu groß geworden. Strauss zog die Konsequenzen und ging, Schalk blieb, und im „Wiener Brettl" wurde der scheidende Komponist mit den Versen apostrophiert:
„Sein Taktstock ist stets sehr erregt,
Wenn er das eigene Schlagobers schlägt.
Doch jetzt ist's mit der Herrlichkeit aus.

Hinaus aus dem Haus muß der Richard Strauss.
Warum er jetzt nicht mehr dirigiert?
Weil er den Schalk im Nacken spürt."

Die Wiener kommentierten das Ende der Doppeldirektion mit dem Bonmot: „Strauss, der ein Schalk ist, geht; Schalk, der kein Strauss ist, bleibt."

Die Anhänger der Zwölftonlehre scharten sich um ihren Meister Arnold *Schönberg*, der ein ebenso eigenwilliger wie selbstbewußter Herr war. So probte er einmal beim Musik-Festival in Venedig seine „Serenade" und überzog dabei die ihm zugestandene Zeit beträchtlich. „Herr Schönberg", mahnte schließlich der Sekretär des Festivals, „Sie sind nicht der einzige Komponist hier!" – „Doch, das bin ich", antwortete Schönberg mit Nachdruck.

Schönberg war in jeder Hinsicht eine eigenwillige Persönlichkeit. Einmal wurde bei einer Vereinsversammlung, der er präsidierte, über einen Antrag abgestimmt, den er in der vorangegangenen Debatte lebhaft befürwortet hatte. Nachdem das Abstimmungsergebnis bekanntgegeben wurde, erklärte Schönberg: „Jetzt bin ich dagegen!"

Als die Wiener Volksoper im Jahre 1924 Schönbergs Einakter „Die glückliche Hand" aufführte, saß Oskar Kokoschka bei einer der Proben im Zuschauerraum und hörte mit geschlossenen Augen zu. Als der philharmonische Bratschist Anton *Ruzitska* davon hörte, sagte er: „Der Kokoschka macht das ganz falsch. Bei seinen Bildern müßt er die Augen zumachen und beim Schönberg seiner Musik die Ohren!"

Erich Wolfgang Korngolds „Tote Stadt" war bereits im Jahre 1921 an der Staatsoper mit Maria Jeritza als Tänzerin Marietta aufgeführt worden. Korngold war ein Wunderkind gewesen und hatte bereits im Alter von elf Jahren komponiert. Sein Vater war der einflußreiche Musikkritiker Julius Korngold, was Karl Kraus zu dem Ausspruch veranlaßte: „Sämtliche ausübenden Musiker wissen von der Güte des Alten ein Lied zu singen, wenn sie die Güte haben, ein Lied vom Jungen zu singen."

Im gleichen Jahr wie die „Tote Stadt" brachte die Staatsoper Julius Bittners „Kohlhaymerin" heraus. Franz Schalk, der von der Oper nicht viel hielt, saß während einer Probe im Zuschauerraum und sagte dem neben ihm sitzenden Bariton Alfred Jerger: „Wissen Sie, was die da oben spielen? Die tote Vorstadt!"

Die silberne Ära der Wiener Operette erlebte in den Zwanzigerjahren ihre letzte Blütezeit; kaum eine Woche verging ohne die Premiere eines neuen Werkes. So wurde im März 1924 Franz Lehars längst vergessene Operette „Cloclo" uraufgeführt. Nach der Premiere spotteten die Wiener: „Jetzt muß er eine Fortsetzung komponieren: ‚Setset'."

Franz *Mittler*, musikalischer Begleiter von Karl Kraus und einer der genialsten Schüttelreimer Wiens, widmete Lehar den Vers:
„Du schreibst zuweilen argen Mist, Franz!
Doch weil's von Lehar ist, so frißt man's."

Über die Librettisten der Operettenkomponisten reimte Mittler:
„Was einstmals war des Ghettos Brut,
Verdient heut an Librettos gut."

Hans *Liebstöckl*, der bekannte Theaterkritiker, schrieb einmal über einen Librettisten: „Er schiebt den Entlehnstuhl an den Abschreibtisch und zündet seine Stehllampe an."

Liebstöckls apodiktisches Urteil über die eigene Branche lautete: „A Nachricht is, was die Gois tun. A Kommentar is, was wir Juden dazu schreiben."

Großes Aufsehen herrschte in Wien, nachdem bekannt wurde, daß eine junge Dame aus guten Gesellschaftskreisen, die später eine bekannte Journalistin wurde, ihrem Ehemann, den sie loswerden wollte, jeweils nach Liebesnächten Gift in die Frühstücksmarmelade gegeben hatte, bis er schließlich starb. Liebstöckl kommentierte die Vorgänge, die im Verlauf des Prozesses gegen die Täterin zutage traten, mit den Worten: „Also schlafen kann man mit ihr. Frühstücken nicht ...!"

Vielfältig wie die Presse der Zwanzigerjahre war auch die Kritik an ihr. So höhnte der Kabarettist Fritz *Grünbaum* über die Journalisten:
„Man kann, wenn sie Bericht erstatten,
genau wer sie besticht erraten!"

Und Anton Kuh, der selbst oft in den Zeitungen zu Wort kam, spottete: „Die Journalisten wissen nicht, wo Gott wohnt, aber sie haben ihn alle schon interviewt."

Kuh, der sich selbst einen Sprechsteller nannte, schrieb nicht nur Artikel, sondern hielt auch Vorträge. So kam er einmal von einer Reise nach Deutschland zurück und erklärte: „Am Sonnabend hatte ich in Berlin einen großen Erfolg." Worauf ihn Alfred Polgar mit den Worten zurechtwies: „Dich habe ich schon gekannt, wie du noch nicht einmal Samstag gesagt hast!"

Anton Kuh seinerseits, der den stets elegant gekleideten Polgar zum „Marquis Prosa“ ernannt hatte, spottete über ihn: „Der Polgar sieht nicht aus wie ein englischer Lord, sondern wie der Besitzer eines Herrenmodegeschäftes am Graben, der wie ein englischer Lord aussehen möchte.“

Egon Friedell, der gerne und viel bei Zeitungen aller Art mitarbeitete, erhielt eines Tages folgenden Brief: „Verehrter Herr Doktor! Sie sandten uns gestern einen sehr interessanten Aufsatz über ‚Macbeth‘, den wir aber bereits im ‚Prager Tagblatt‘, in den ‚Frankfurter Nachrichten‘ und in der ‚Düsseldorfer Lokalzeitung‘ gelesen haben. Wir machen Sie höflichst darauf aufmerksam, daß man mit einem Gesäß nicht auf mehreren Hochzeiten tanzen kann.“ Friedell antwortete auf einer Postkarte: „Sehr geehrte Redaktion! Sie unterschätzen mein Gesäß.“

Ein beliebtes Gesprächsthema der sogenannten guten Gesellschaft war die Psychoanalyse. Als in einem Wiener Salon wieder einmal besonders intensiv über die Lehren Freuds diskutiert wurde, griff Egon Friedell mitten im Gespräch zum Telephon, wählte eine imaginäre Nummer und sagte: „Professor Freud? Hier Egon Friedell! Herr Professor, würden Sie die Güte haben und herzukommen?!? Ja, es ist dringend – ich habe soeben etwas verdrängt!“

Alfred *Adler,* der Schöpfer der Individualpsychologie, hatte sich frühzeitig von Sigmund Freud getrennt, hielt aber die Verbindung mit einigen seiner ehemaligen Kollegen aufrecht. Einer von ihnen kam zu ihm und erzählte, daß er einen jungen Amerikaner behandle, der inzestuös fixiert sei und unbedingt mit seiner Mutter schlafen wolle. „Was soll ich tun?" fragte der junge Arzt verzweifelt. „Sagen S' Ihrem Patienten, wenn er wirklich möcht', dann soll er's halt tun", meinte Adler. „Um Gottes willen", erwiderte der Psychoanalytiker, „und was geschieht, wenn er es wirklich tut?" – „Aber gehn S'", beruhigte ihn Adler nach einem langen Zug aus seiner Virginia, „verruckt is ja nur er und net die Mutter!"

Der Wiener Psychoanalytiker Dr. Rudolf *Urbantschitsch* hatte den Satz geprägt: „Die Neurose ist das Wappen der Kultur." Karl Kraus bemerkte dazu hämisch in der „Fackel": „Sehr schön, aber es laufen derzeit schon weit mehr Heraldiker als Adelige herum."

Zu den Kritikern Freuds gehörte auch sein Kollege Julius *Wagner-Jauregg*, von dem der bissige Satz stammt: „Die Psychoanalyse ist eine Methode, bei der ein Arzt von einem Patienten ein paar Jahre leben kann."

Wagner-Jauregg äußerte sich auch über andere Kollegen recht bissig. Weil der junge Psychiater Erwin Stransky besonders fleißig publizierte, fragte Wagner-Jauregg einmal im Freundeskreis: „Sagt's einmal, habt's ihr eigentlich schon den dieswöchigen Stransky gelesen?"

Der Psychiater Otto Pötzl war der Sohn von Eduard Pötzl, der ein bekannter Journalist war, Lokalskizzen im Wiener Dialekt schrieb und die populäre Figur des „Herrn Nigerl" geschaffen hatte. Wagner-Jauregg wurde eines Tages im Verlauf eines Fachgespräches von einem Kollegen gefragt: „Sagen Sie, Herr Professor, was halten Sie eigentlich vom Pötzl?" Versonnen antwortete Wagner-Jauregg: „Vom Eduard halte ich viel..."

Der Wiener Psychiater Otto Kauders bewarb sich um den Lehrstuhl für Psychiatrie in Graz, was auf einige Schwierigkeiten stieß, denn in der steirischen Landeshauptstadt war man sehr national und Kauders war Jude. Der Grazer Röntgenologe Professor *Leeb* erkundigte sich jedenfall einmal gesprächsweise bei Otto Pötzl: „Sagen Sie einmal, Herr Kollege, ist der Kauders eigentlich Jude oder nicht?" Pötzl kratzte sich nachdenklich an seiner Stirnwarze und meinte schließlich: „Ob der Kauders ein Jude ist, weiß ich nicht. Sein Bruder ist einer!"

Graz war eine Stadt mit eigenen Gesetzen und Geboten. So veranstaltete die „Südost-Tagespost" in den Zwanzigerjahren eine Rundfrage: „Was fehlt Graz zur Großstadt?" Ein selbstbewußter Grazer antwortete: „Gott sei Dank alles!"

Ein etwas weniger selbstbewußter Bewohner der Stadt antwortete dagegen auf die Frage, was Graz zur Großstadt fehle, schlicht: „Die Leut!"

In Wien waren die Spötter daheim. Als in den Zwanzigerjahren der Zirkus Renz in der Bundeshauptstadt gastierte, erzählte man folgende Geschichte: Ein Elefant stört die Nachtruhe durch ständiges Trompeten und Stampfen. „Was soll ich machen", erklärt der verzweifelte Dompteur, „der Jumbo hat eben schlechte Träume." – „Gegen schlechte Träume gibt es nur ein Mittel", rät man ihm, „Sie müssen das Tier zu Professor Freud bringen." Der Dompteur befolgt den Rat und erzählt am nächsten Tag im Zirkus: „Geholfen hat es, aber furchtbar teuer war es: 250 Schilling!" – „Ja, wieso denn soviel?" wird er gefragt. „No ja", antwortete er, „50 Schilling für die Ordination und 200 Schilling für eine neue Couch!"

Derartige Geschichten bestätigten, wie recht Anton Kuh gehabt hatte, als er sagte: „Die Psychoanalyse ist eine revolutionäre Denkmethode, doch dem Wiener dient sie als Gesellschaftsspiel.“

Nicht sehr ernst genommen wurde in Wien auch die von dem französischen Arzt Emil Coué entwickelte Therapie der Autosuggestion. Über die Methode der Selbstheilung durch das Sprüchlein: „Es geht mir besser, es geht mir besser, es geht mir ständig besser!“ zirkulierte in Wien das Scherzwort: „Ein O-Beiniger hat sich nach der Methode Coué heilen wollen. Er hat aber jetzt aufhören müssen, denn er hat schon X-Beine gekriegt!“

Eine andere medizinische Modeerscheinung waren die Verjüngungskuren des in Frankreich lebenden russischen Arztes Sergej Woronov. Über seine fragwürdigen Verpflanzungen von Affendrüsen wurde in einem Programm des Kabaretts „Simpl“ mit den Versen gescherzt:
„Empört schreit jeder Pavian:
Der Mann geht zu den Mädeln
Und will sich hochstaplerisch dann
Durch uns wieder veredeln?
Hat jener zu viel Frau'n geseh'n,
Muß unsereins das büßen?
Er mag sich unterhalten geh'n,
Doch nicht mit uns're Drüsen ... !“

Ein Thema, über das alle redeten und von dem keiner etwas verstand, war Albert Einsteins Relativitätstheorie. *Roda Roda* wurde daher von einer Zeitungsredaktion beauftragt, einen allgemeinverständlichen Artikel über diese Theorie zu verfassen. Er begab sich zu diesem Zweck zunächst zu Max *Planck* in Berlin und fragte: „Herr Professor, verstehen Sie die Relativitätstheorie?“ Darauf

Planck: „Ja." Roda Roda fragte weiter: „Können Sie mir die Theorie erklären?" Planck erwiderte: „Nein." Daraufhin ging Roda Roda zu Einstein und fragte: „Herr Professor, können Sie mir die Relativitätstheorie erklären?" Einstein sagte: „Nein." Roda Roda fragte weiter: „Warum nicht?" Worauf ihm Einstein die folgende Belehrung erteilte: „Erstens ist es wirklich schwer, sie zu erklären, und zweitens hat mir der Max Planck neulich zu verstehen gegeben, daß ich sie selbst nicht ganz begriffen habe."

Zu den treuen Anhängern Einsteins in Wien gehörte der Physiker Felix *Ehrenhaft*, ein sehr eigenwilliger Herr, der seinem verehrten Freund in Berlin ein Forschungsergebnis telegraphisch in Form eines Gedichtes mitteilte, das mit dem Vers endete:
„Neue Physik tritt in Kraft,
Beste Grüße, Ehrenhaft."

Karl Kraus, der unerbittliche Kritiker der Wiener Presse, kämpfte mit besonderem Nachdruck gegen Imre Bekessy, den Herausgeber der „Stunde", den er der Korruption bezichtigte. Der von ihm geführte Feldzug, den er unter die Parole „Hinaus aus Wien mit dem Schuft!" gestellt hatte, erreichte seinen Höhepunkt, als Kraus im Spätherbst 1925 vor annähernd neunhundert Zuhörern im Großen Konzerthaussaal erklärte: „Ich kenne keine Parteien mehr, ich kenne nur Feiglinge."

Kraus, der frühzeitig ein Auto erworben hatte, reiste gern und viel. Von einem Urlaubsaufenthalt auf Bornholm schickte er seiner verständnisvollen Freundin Helene Kann eine Postkarte, die ihn in gelöster Pose am Strand zeigte. Dazu hatte er geschrieben: „Ich bin etwas faul im Staate Dänemark."

Auf einer Vortragsreise kam Karl Kraus nach Prag und wurde vom Portier seines Hotels mit der Nachricht empfangen: „Herr von Kraus, wissen S', wer die Suite neben Ihnen bezogen hat? Keenig von Spanien!" Worauf Kraus lediglich erwiderte: „Wenn er keinen Lärm macht, habe ich nichts dagegen..."

Zu den wenigen Persönlichkeiten, die es wagten, Karl Kraus entgegenzutreten, gehörte Anton Kuh. Er hielt am 25. Oktober 1925, ebenfalls im Konzerthaus, seinen berühmten Vortrag „Der Affe Zarathustras", in dem er Kraus und seine Anhänger mit den Worten geißelte: „... es ist schon eine tiefere Wahrheit an dem Satze: An ihren Früchten sollt ihr sie erkennen; auch wenn man ihn dahin variiert: An seinen Früchteln sollt ihr ihn erkennen."

Während des Vortrages kam es zu Tumulten unter den Zuhörern, die Polizei mußte einschreiten und Kuh rief schließlich den Raufenden zu: „Ich bitte Sie, meine verehrten Herren, ob Sie für oder gegen mich sind, von ihren Gesinnungen erst nach Schluß des Vortrages Gebrauch zu machen."

Als das Burgtheater im April 1926 sein hundertfünfzigjähriges Bestehen feierte, legte „Der Tag" namhaften Persönlichkeiten des öffentlichen Lebens zwei Fragen vor: „Wohin geht das heutige Burgtheater Ihrer Meinung nach? Wohin sollte es Ihrer Meinung nach gehen?" Robert Musil antwortete: „Ihre zwei Fragen erinnern mich an die Geschichte der Türkei. Am 14. Jänner 1853 ist das Osmanische Reich zum ersten Mal mit einem an Altersschwäche leidenden Kranken verglichen worden, bald darauf mit einem sterbenden Mann, danach ist sechzig Jahre lang mit ungeduldigem Bedauern vom kranken

Mann gesprochen worden, aber heute lebt dieser historische Kranke, soviel man hört, wie ein frischer Jüngling. Als Ersatz haben wir das Burgtheater bekommen. Darum läßt sich ihm eine schönere Zukunft keineswegs noch absprechen. Aber ich bin außerstande, ihm einen Weg vorherzusagen."

Robert Musil gehörte zu jener Schriftstellergeneration, die das „Café Herrenhof" frequentierte, während die älteren Literaten nach wie vor das „Café Central" bevorzugten, dessen mystisch-mythische Atmosphäre in dem Gedicht besungen wurde:

„Du bist, Central, der Ort, der wenig leuchtet.
Von Gräßlichem dampfen deine Schalen,
deren Untertassen stark befeuchtet.
Uralte Semmel steigen
verjüngt aus deinen Körben, Kind.
Vor deinen Preisen beugen
sich Stammgäste, die alle meschugge sind."

Robert Musil und Franz *Blei* hatten im „Herrenhof" einen Stammtisch, an dem über die Kollegen gelästert wurde. Über den Lyriker Cäsar Fleischlein wurde gespottet: „Das Fleischlein ist willig, aber das Geistlein ist schwach..."

Dem Philosophen Eduard Graf Keyserling widmete Blei den Schüttelreim:

„Als Gottes Atem leiser ging,
Schuf er den Grafen Keyserling."

Auch über den Dichter Albert Ehrenstein ging ein Schüttelreim um:

„Sehr gerne hab ich Ehrensteinen.
Nur seine Verse stören einen."

Bald nachdem Ehrenstein seine „Briefe an Gott" veröffentlicht hatte, erzählte man im „Herrenhof", der Adressat habe geantwortet und Ehrenstein geschrieben: „Wenn Sie den Werfel treffen, sagen Sie ihm, er soll meinen Sohn in Ruh' lassen!"

Der Betteldichter Ottfried *Krzyzanowsky* war ein erbitterter Feind Franz Werfels und rief ihm im „Herrenhof" einmal zu: „Werfel, Sie sind der Advokat Gottes! Aber Gott braucht keinen Advokaten!"

Über Gott wurde im „Café Herrenhof" überhaupt viel geredet. Dort saß nämlich auch der Gelegenheitsphilosoph Jakob *Moreno-Levy,* der die Theorie entwickelt hatte, daß jeder, also auch er selbst, sein eigener Gottvater sei. Als deshalb einmal jemand am Nebentisch sagte: „Um Gottes willen...", stand Moreno-Levy auf und fragte: „Bitte, wollen Sie etwas von mir?"

Zu den gelegentlichen Gästen des „Herrenhofs" gehörte auch Karl Adler, einer der beiden Söhne Viktor Adlers. Er war ein tragischer Einzelgänger, der eine „antipolitische Zeitschrift" mit dem bezeichnenden Titel „Der Querulant" herausgab. Über ihn und seinen hochbegabten Bruder Friedrich hatte Viktor Adler einmal gesagt: „Der Fritz ist die Karikatur meiner Tugenden, der Karl ist die Karikatur meiner Laster."

Ebenfalls Gast im „Herrenhof" war der Polyhistor Friedrich Eckstein, dessen phänomenales Gedächtnis und Wissen Karl Kraus mit den Worten zu rühmen pflegte: „Zum Eckstein kommt in der Nacht das Lexikon und blättert in ihm."

Gleich hinter dem „Café Herrenhof", in der Wallnerstraße, befand sich die berühmte Koedukationsschule der Dr. Genia Schwarzwald. Die „Frau Doktor", wie sie allgemein genannt wurde, und ihr Mann, ein hoher Beamter, hatten Karl Kraus als Vorbild für das Ehepaar Schwarz-Gelber in den „Letzten Tagen der Menschheit" gedient. Als die Schule im Jahre 1926 ihren 25jährigen Bestand feierte, erzählte Genia Schwarzwald in einem Interview: „Wie ich seinerzeit in der Monarchie gebeten habe, die Koedukation einzuführen, hat man mir gestattet, in eine Klasse von 25 Mädchen ein Prozent Knaben aufzunehmen. Da ich mich aber nicht entschließen konnte, einen Knaben zu vierteilen, habe ich mit der Koedukation bis zur Republik warten müssen."

Die Schülerinnen widmeten ihrer „Frau Doktor" zum Jubiläum ein Gedicht, das nach einer Melodie aus der Oper „Martha" gesungen werden konnte:
„Ich kann braten, kochen, reden,
Kann beraten einen jeden.
Gänschen füttern und zu Müttern,
Zu probaten sie erziehn.
Ich kann dichten, unterrichten,
Reformieren, musizieren,
Jubilieren, mich hat gern, oh,
Sowohl Czerno–
Witz als Wien!"

Lise *Meitner* konnte sich nach dem Ersten Weltkrieg in Wien habilitieren und behandelte in ihrer Antrittsvorlesung die Probleme der kosmischen Physik. Ein anwesender Journalist vermochte mit dem Thema offensichtlich nichts anzufangen, denn er versah seinen Bericht mit dem Titel: „Lise Meitner über Probleme der kosmetischen Physik."

An originellen Persönlichkeiten war im Wien der Zwanzigerjahre kein Mangel. Ein stadtbekanntes Original war die Reichsgräfin *Triangi*, deren voller Name Beatrice Cita Albano Reichsgräfin Triangi, von und zu Latsch und Madernburg, Baronin von Maderno Riedhorst, Freifrau von Tyrol, Trientiner Edeldame, geborene Samek, verwitwete Rindskopf lautete und über die Karl Farkas gedichtet hatte:
„Die Reichsgräfin Triangi
Ging stets mit blütenweiße Handschi..."

Antonia Samek, die aus der Leopoldstadt stammte und zuerst einen Altkleiderhändler namens Rindskopf und nach dessen Tode den uralten Grafen Triangi, der ebenfalls bald starb, geheiratet hatte, trat bei Fritz Wiesenthal im Kabarett gegen eine Inflationsgage von 300 Millionen Kronen im Monat als Flötenspielerin auf. Dabei wurde sie einmal von einem Herrn Schlein-Saville mit dem Ruf unterbrochen: „Die wird mit ihrer Flöten auch noch flötengehen." Die Triangi revanchierte sich mit den Worten: „Mein Herr, Sie sind ein Spitzbube! Ich verfluche Sie über Ihr Grab hinaus!" Es folgte ein Ehrenbeleidigungsprozeß, bei dem die Reichsgräfin auf die Frage des Vorsitzenden nach ihren Personalien antwortete: „Die Reihe meiner Ahnen reicht achthundert Jahre in die Vergangenheit..." Der Vorsitzende unterbrach sie: „Also so weit wollen wir nicht zurückgehen. Ich habe heute noch andere Verhandlungen. Wie lange werden Sie für Ihre Ausführungen brauchen?" – „Herr Rat", antwortete die Triangi, „Ihnen zuliebe werde ich mich kurz fassen. Ich glaube, in etwa drei Stunden alles gesagt zu haben!"

Eine originelle Persönlichkeit war auch der Reiseschriftsteller Arnold Höllriegel, der sich den Zorn von

Bekessys „Stunde" zugezogen hatte. Das Blatt denunzierte ihn als Hermaphroditen, indem es eines Tages unter den Lokalnachrichten folgende Meldung brachte: „Der Schriftsteller Arnold Höllriegel wurde kürzlich vor einem Stundenhotel gesehen, in das er mit sich hineinging."

Auch originelle Tiere gab es in Wien. Nachdem eines der ältesten Bordelle in Wien, „Madame Rosa" in der Köllnerhofgasse, seine Pforten geschlossen hatte, erhielt Coco, der Papagei des Hauses, das Gnadenbrot beim Tierhändler Glesinger in der Praterstraße. Dort erfreute das Tier die Kunden mit frivolen Sprüchen. Einer davon lautete:
„Ein Fisch, das ist der Schleierschwanz,
doch schleierlos kommt Lehar Franz."

Eine Stadt mit so originellen Lebewesen wies natürlich auch originelle Lokale auf. Eines von ihnen war das berühmte Würstel-Restaurant Biel in der Führichgasse, für das der Kabarettist und Librettist Peter *Herz* den Werbespruch ersann:
„Schon Hamlet sprach, so geht die Sage:
‚To Biel or not to Biel', das ist die Frage!"

Karl Farkas reimte für das gleiche Restaurant:
„Fein und locker, gut und viel
Ess' ich nur beim Würstel-Biel,
Und genieß ich seinen Ritschert,
Laut vor Freud mein Gaumen zwitschert.
Was sich beim Genuß von Scholet
Selbstverständlich wiederholet.
Kurz, man speist dort Tag für Tag
Was der Magen mögen mag!"

Karl Farkas, der nach dem Kriege zunächst Schauspieler in Linz gewesen war, hatte sich gemeldet, als das Kabarett „Simpl" mit einem Inserat Nachwuchskräfte suchte. Er war sofort engagiert worden; nicht zuletzt dank seiner phänomenalen Begabung als Blitzdichter. Selbst wenn man ihm ein so ausgefallenes Wort wie Maschansker zurief, vermochte er einen Reim darauf zu machen:

„Bei dem Maschansker
Bleibt kein Heller mir, kein anz'ger."

Berühmtheit erlangte auch sein Reim auf Belutschistan:

„Selbst im kältesten Belutschistan
Kauft sich Kohn a Eis und belutscht es dann."

Geradezu als Klassiker erwies sich der Ribisel-Orchideen-Reim von Farkas:

„Pflückt ein Mädel Ribisel,
Zwickt man sie ins Knie bissel.
Pflückt das Mädel Orchideen,
Kriegt sie häufig Storchideen."

Selbst das Wort Silber, auf das es bekanntlich keinen Reim gibt, vermochte Farkas in ein Gedicht einzubinden:

„Meine Tabatière aus Silber
Wird durch Patina gelb und gilber..."

Keine Schwierigkeiten hatte Farkas auch, wenn ihm Familiennamen zugerufen wurden. Beispiel 1: Der Name einer jungen Schauspielerin:

„Die Frau, der ich mein Interesse lieh,
Das ist die Paula Wessely."

Beispiel 2: Der Name eines beliebten Komikers:
„Er ist ein famoser,
Darsteller, der Moser."

Beispiel 3: Der Name eines berühmten Tenors:
„Glaubt mir, daß ich euch keinen Schmäh sag:
Der beste Sänger ist der Slezak!"

Auch zu aktuellen Ereignissen nahm Karl Farkas in Gedichtform Stellung. Nachdem der Völkerbund im November 1922 den Sanierungsplan für Österreich genehmigt hatte, improvisierte er den Schüttelreim:
„Die Frankfurter werden mit Senf garniert,
Die Wiener werden in Genf saniert!"

Blitzschnell reagierte Karl Farkas auch, als ihm einmal ein Zuhörer das Wort „Judenbengel" zurief. Der Komiker nahm aus der Vase, die auf einem Tisch im Zuschauerraum stand, eine Rose und sagte:
„Das ist die Rose,
Hier ist der Stengel.
Ich bin der Jud,
Dort sitzt der Bengel."

Farkas trat nicht nur in Kabaretts, Theatern und Revuebühnen aller Art auf, sondern hatte auch eine ständige Kolumne in der Wochenzeitschrift „Die Bühne". Als im Frühjahr 1926 die Gastwirte aus Protest gegen die Preiserhöhungen der Brauherren einen Bierboykott proklamierten, reimte er:
„Der Durstigen Alarm-Protest
Trifft da auf taube Ohren,
Denn hier ist (was sich denken läßt)
Hopfen und Malz verloren..."

Karl Farkas und Fritz Grünbaum waren ein Komikerpaar, das vor allem mit seinen Doppelconferencen das Publikum begeisterte. Der gemeinsame Erfolg änderte nichts daran, daß sich Grünbaum bisweilen sehr über Farkas ärgerte und dann zu sagen pflegte: „Der Farkas? Hut auf!"

Karl Farkas und Fritz Grünbaum, Erwin Engel und Paul Morgan, Armin Berg und Hermann Leopoldi, – die Liste der Komiker der Zwanzigerjahre war lang und vielfältig. Erwin *Engel* etwa war ehemaliger Hauptmann der Reserve, Ritter des Franz-Josephs-Ordens und eine sehr markante Erscheinung. Als ihm einmal jemand sagte, er sehe aus wie Napoleon, wehrte er mit den Worten ab: „Höchstens Tarnopoleon!"

Der Komiker Paul *Morgan* dagegen, der vor dem Weltkrieg in Czernowitz gespielt hatte, erhielt einen dementsprechenden Spitznamen: „Der Czernowitzbold."

Von Amerika kommend, setzte sich in Wien neben dem traditionellen Kabarett eine neue Form der Unterhaltung durch: die Ausstattungsrevue. Eine scherzhafte Bezeichnung für diese Kombination von bewährten Komikern und betörenden Girls gab es auch: „Ponem et circenses!"

Direktor des Apollo-Theaters, in dem viele Revuen aufgeführt wurden, bevor es in ein Kino umgewandelt wurde, war Ben *Tieber*. Peter Herz hörte einmal, wie Tieber, tief ins Gespräch mit dem Librettisten Fritz Beda-Löhner vertieft, immer wieder murmelte: „Segen der Arbeit! Segen der Arbeit!" Als Herz ihn nachher fragte, was er denn damit gemeint habe, erklärte Tieber: „Ich hab' gesagt, ihr wollt's immer an Vorschuß, aber erst muß ich seg'n der Arbeit, seg'n der Arbeit..."

Peter Herz schrieb zuammen mit Hermann Leopoldi eine Reihe von Schlagern, darunter den „Karlsbader Sprudel“, in dem sich der schöne Satz fand: „Das Moor hat seine Schuldigkeit getan, jetzt kann man wieder gehn…“

Auch Amateure waren begabte Kabarettisten. So gründete Oscar *Teller* ein Jüdisch-Politisches Kabarett, das im Theatersaal des Poorhauses auf dem Karlsplatz spielte. In der ersten Revue unter dem Titel „Juden hinaus“ wurde das Assimilationsstreben der älteren Generation von den jungen Zionisten mit den Versen gegeißelt:
„Zwei blaue Augen, dazu strohblondes Haar,
So sieht man gern dich, so wirst du Mandatar,
Bei jedem Amt legt man's Hauptgewicht
Auf des Bewerbers arisch' Gesicht,
Da kannst nix machen, das ist so die Usance,
Mit krummer Nase hast du hier keine Chance;
Wenn du ein Jud bist, braucht man dich zu den Wahlen,
Weil du nur gut bist, zum Steuerzahlen…“

Die jungen Sozialisten gründeten ein Kabarett, zu dessen Mitarbeitern neben Paul Lazarsfeld auch Viktor *Grünbaum* gehörte, der kein Verwandter von Fritz Grünbaum war, und später in der Emigration unter dem Namen Victor Gruen ein namhafter Architekt und Städteplaner wurde. In der ersten Vorstellung, die 1926 im Czartoryski-Schlössel stattfand, wurde die nach Ansicht der jungen Leute viel zu laue Haltung des Parteivorstandes mit den Versen verspottet:
„Und wenn wir die Mehrheit glücklich erreichten,
So laß ma das Rathaus festlich beleuchten,
Und wenn sich alle recht wienerisch fühlen,
So wer'n wir den Donauwalzer spielen.“

Im Alltag der Politik ging es weniger gemütlich zu als im Kabarett. Nicht von ungefähr hieß es am 21. Oktober 1926 in einem Leitartikel der „Neuen Freien Presse“: „Ein Tag, an dem das Wort ‚Lump‘ nicht vorgekommen ist, also ein Feiertag im politischen Leben...“

Wenige Tage zuvor, am 16. Oktober 1926, hatte Ignaz Seipel, der im November 1924 als Bundeskanzler zurückgetreten war, zum zweiten Male die Regierungsgeschäfte übernommen. Sein Kommentar aus diesem Anlaß: „Österreich geht es nicht so schlecht, daß ich das Kanzleramt übernehmen müßte, aber auch nicht so gut, daß ich es ablehnen dürfte!“

Nach seinem neuerlichen Amtsantritt fragte Seipel den ihm wieder zugeteilten Kriminalbeamten: „Na, Herr Grünn, sind Sie zufrieden?“ Worauf der Beamte freudestrahlend antwortete: „Ja, Exzellenz, jatzt san ma wieder wer!“

Bei einem Besuch in Rom stellte Seipel den Polizeiinspektor Grünn auch dem Heiligen Vater vor und erklärte ihm dessen Funktion. Lächelnd sagte daraufhin Pius XI.: „Ich verstehe, das ist also Ihr Schutzengel!“

Als Ignaz Seipel zu einer Völkerbundsitzung nach Genf kam, versuchte ihm der italienische Delegierte Vittorio Scialoja nahezubringen, daß Österreich Italien doch näher stehe als Deutschland. Demgegenüber meinte Ignaz Seipel zu ihm: „Wissen Sie, wenn wir uns schon schikanieren lassen müssen, dann lassen wir uns lieber von den Preußen schikanieren als von jemand anderem.“

Vom 30. Oktober bis 3. November 1926 fand in Linz der sozialdemokratische Parteitag statt. Er beschloß das sogenannte „Linzer Programm", das u. a. die Formulierung von der „Diktatur des Proletariats" enthielt. Hauptredner des Parteitages war natürlich Otto Bauer, doch in der Debatte meldete sich auch Karl Renner zu Wort. Renner machte sich in seiner Rede über die Theorien der Austromarxisten von Demokratie und Diktatur lustig und erklärte: „Und jetzt, da ich gehört habe, daß Demokratie und Diktatur eigentlich identisch sind (Heiterkeit), jetzt stehe ich erst da und weiß mir nicht anders zu helfen, als daß ich dieser gelehrten Gesellschaft beitrete. Vielleicht werde ich dort klüger werden. Aber es ist eine eigenartige Sache, und uns österreichischen Sozialdemokraten ist ein großes Malheur passiert. Wir haben nämlich ein gutes Stück Demokratie erobert, ohne zu wissen, was das eigentlich ist (Heiterkeit). Wir haben alles an ihr erobert, nur den Begriff nicht (schallendes Gelächter)."

Als man im November 1928 das achtjährige Bestehen der Republik feierte, widmete ihr Karl Kraus ein skeptisches Gedicht:

„Die Republik soll ich zum Geburtstag feiern?
Daß wir sie jetzt haben, ihr beteuern?
Sie ist jetzt im Alter von acht Jahren.
Ich kannte Kinder, die begabter waren.
Es bleibt wohl die beste von ihren Gaben:
daß wir keine Monarchie mehr haben."

Die Hoffnung der Sozialdemokraten, die Mehrheit zu erreichen, erfüllte sich bei den Wahlen vom 24. April 1927 nicht. Wohl stieg ihre Mandatszahl von 68 auf 71, doch die bürgerlichen Parteien, die ihrerseits drei Mandate eingebüßt hatten, behielten mit 94 Sitzen im Parlament die Mehrheit und stellten weiterhin die Regierung unter Ignaz Seipel. Anton Kuh, der große Spötter, kommentierte den Wahlausgang mit den Worten: „Nach wie vor herrscht unentthront das Triumvirat der drei ei: Seipel, Seitz und Breitner. Der Priester, der Lehrer, der Steuerreferent. Drei ei, drei r: Breitner rechnet, Seitz redet, Seipel regiert…"

Aber die Politik ging nicht einfach weiter wie bisher. Am 14. Juli 1927 sprach ein Geschworenengericht drei Frontkämpfer frei, die am 30. Januar im burgenländischen Ort Schattendorf zwei Menschen erschossen hatten, und am Tag darauf stürmte eine erregte Menge den Justizpalast und setzte ihn in Brand. Die Polizei schritt ein, machte von der Schußwaffe Gebrauch, und schließlich waren 89 Tote und Hunderte von Verletzten zu beklagen. Inmitten der Tragödie ereignete sich ein Satyrspiel. Der RAVAG-Direktor Erich *Kunsti* eilte zum Parlament, in dem sich die Regierung versammelt hatte. Das Gebäude war von einem dichten Polizeikordon umstellt, und Kunsti verlangte Durchlaß, indem er rief: „Lassen Sie mich durch. Ich bin Direktor der RAVAG und muß dringend zur Regierung ins Parlament." Bei diesen Worten näherte sich ihm ein Polizeibeamter und sagte: „Ah, von der RAVAG san' S'? Herr Direktor, jetzt sagen S' ma amal ans: Warum spülens denn allaweil de blöden Opern!?!"

Der Unmut über die tragischen Vorgänge vom 15. Juli 1927 richtete sich nicht nur gegen Ignaz Seipel und seine Regierung, sondern auch gegen den Polizeipräsidenten Johann Schober. Karl Kraus ließ in ganz Wien Plakate anschlagen, auf denen zu lesen stand: „An den Polizeipräsidenten von Wien, Johann Schober. Ich fordere Sie auf, abzutreten. Karl Kraus, Herausgeber der Fackel."

Daraufhin ließ der „Goldfüllfederkönig" Winkler, der keine Gelegenheit vorübergehen ließ, für sich und sein Geschäft Reklame zu machen, Plakate anschlagen, auf denen man lesen konnte: „An den Polizeipräsidenten von Wien, Johann Schober. Ich fordere Sie auf, nicht abzutreten."

Der Groll saß aber tief, und noch lange nach dem 15. Juli sangen die jungen Sozialdemokraten:
„Schober Schuft
Polizeipräsident,
Wie wird's dir ergehen,
Wenn einmal am Schottenring
Schutzbundbataillone stehen ..."

Karl Kraus führte die Fehde, die er mit dem Plakat gegen den Polizeipräsidenten begonnen hatte, fort und dichtete das „Schober-Lied", das teils nach der Melodie „Üb' immer Treu und Redlichkeit", teils nach den Klängen des Radetzky-Marsches zu singen war. Die Schlußverse des Liedes lauteten:
„In Gemäßheit der Pflicht
hab' ich's manchem g'richt'.
An's Licht, hinter's Licht
führ ich alles nach Pflicht.
Man glaubt mir aufs G'sicht,
da is nix drin als Pflicht.
Schon mein Auge besticht,
denn es spricht nur von Pflicht.
Und mein Herz ist so schlicht,
und schlagt nur nach der Pflicht.
Das Geschwornengericht
hat verletzt seine Pflicht.
Wenn's Verschworne freispricht,
ja wo bleibt da die Pflicht.

Daß ich aufs Amt nicht verzicht',
das gebietet die Pflicht.
Wohl wagt's mancher Wicht
und verkennt meine Pflicht.
Doch vors G'richt geh' ich nicht,
das ist meine Pflicht."

Die Angriffe der Sozialdemokraten richteten sich vor allem gegen Ignaz Seipel, der wegen einer Redewendung, die er in der Parlamentsdebatte über die Ereignisse vom 15. Juli 1927 gebraucht hatte, der „Ohne Milde"-Kanzler genannt wurde. Diese Angriffe, die Hand in Hand mit einer großen Kirchenaustrittskampagne gingen, trafen Seipel umsomehr, als er in Wirklichkeit ein grundgütiger Mensch von asketischer Lebensführung und Bescheidenheit war. Als einmal ein Attentäter auf sein fahrendes Auto aufsprang und sich am Wagenschlag festzuhalten versuchte, sagte Seipel lediglich: „Geben Sie acht, Sie werden sich verletzen ...!"

Ein vorbehaltlos freudiges Ereignis des Jahres 1927 war die Verleihung des Nobelpreises an Julius Wagner Jauregg fur die Malaria-Therapie der Paralyse gewesen. Julius Bauer würdigte die Ehrung im jährlichen Ball-Almanach der Concordia mit den Versen:
„Der Paralyse Heilbarkeit
Ihm wunderbar geglückt ist,
Wohl uns, da doch in dieser Zeit
Die ganze Welt verrückt ist!"

KAPITEL III

Jessas, i hab meine Bomben vergessen

oder

DIE AGONIE DER DEMOKRATIE

1927 – 1933

Eine neue Politikergeneration wuchs heran. Bei den Nationalratswahlen im April 1927 war der 36jährige St. Pöltner Baumeister Julius *Raab* in das Parlament gewählt worden. Kaum hatte er sich im Hohen Haus umgesehen, als er von Ignaz Seipel den Auftrag erhielt, in die niederösterreichische Heimwehr einzutreten, um dort mäßigend zu wirken. Raab tat wie ihm geheißen, erschien aber bald darauf bei seinem Parteiobmann und meldete: „I werd mit der Heimwehr net fertig!“ Worauf ihn Seipel belehrte: „Damit Sie mit der Heimwehr fertig werden, hab ich Sie ja hineingeschickt!“

Johann *Böhm*, der in der zweiten Republik Präsident des Gewerkschaftsbundes wurde und zusammen mit Julius Raab die Sozialpartnerschaft begründete, wurde im Jahre 1928 Obmann der Bau- und Holzarbeitergewerkschaft. In dieser Eigenschaft mußte er sich mit Radikalen von der äußersten Linken herumschlagen. So deutete bei einer Versammlung, auf der Böhm sprach, ein Kommunist auf die Uhrkette, die der Redner trug, und schrie: „Goldene Uhrketten wie du können wir uns nicht leisten!“ Worauf Böhm die Kette, die ein Geschenk seiner Mutter war, dem Zwischenrufer mit den Worten zuwarf: „Fang auf. Sag aber net, daß i di angschmiert hab. Sie ist nämlich Doublé!“ Nach der Versammlung kam der Kommunist zu Böhm und sagte kleinlaut: „Da hast den Schmarrn! Den brauch i net!“

Bruno Kreisky, der spätere Bundeskanzler, maturierte im Jahre 1929 in Wien. Seine Schulkameraden waren von seiner politischen Karriere offensichtlich überzeugt, denn in der Maturazeitung hieß es:

„Kreisky, der ein Idealist,
Ist ein wenig Kommunist.
Jeder, der anders orientiert,
Ist ein Bourgeois total borniert.
Besonders wenn er über Vaugoin
Oder sonst wen beginnt loszuziehen,
Bemerkt man in dem Kandidat
Den künftigen Gemeinderat.“

Kreisky stammte aus einer großbürgerlichen und intellektuellen Familie. Sein Vater war ein wohlhabender Geschäftsmann, und einer seiner Onkel war ein Wegbereiter der Genossenschaftsbewegung. Dementsprechend fragte Wiens Bürgermeister Karl *Seitz*, als ihm der junge Bruno Kreisky im Jahre 1929 bei einem Jugendtreffen vorgestellt wurde: „Kreisky? Sind Sie der Sohn vom reichen oder vom gscheiten Kreisky?“

Alfred *Maleta*, der spätere Präsident des Nationalrates, ein gebürtiger Oberösterreicher, studierte in Graz, und gehörte dort einer Studentenkompanie der Heimwehr an. Seine Bundesbrüder von der katholischen Studentenverbindung Carolina, deren Senior er war, hänselten ihn mit dem Verslein:
„Wer ist der größte Gfretta
Im ganzen Regiment?
Das ist der Fred Maleta,
Der ghört schon längst darennt!“

Hermann *Withalm*, der spätere Vizekanzler in der zweiten Republik und sein künftiger Regierungskollege als Unterrichtsminister, Theodor *Piffl-Percevic*, gingen damals noch gemeinsam in das Kahlsburger Jesuiteninternat. Bei einem Ausflug nach Wien kamen sie am nächtlichen Bundeskanzleramt vorbei, wo im Kanzlertrakt noch Licht brannte. „Siehst du", sagte daraufhin Withalm zu seinem Schulkollegen, „dort oben werd' ich einmal am Schreibtisch sitzen." Worauf Piffl-Percevic replizierte: „Schon möglich. Kommt nur drauf an, auf welcher Seite!"

Josef *Klaus*, einer der Bundeskanzler und Heinrich *Drimmel*, einer der Unterrichtsminister der Zweiten Republik, nahmen im Juni 1930 an einer Akademikertagung im Stift Heiligenkreuz teil und benützten die Gelegenheit, um Ignaz Seipel zu fragen, wie er es als Moraltheologe und Politiker mit der Wahrheit halte. Seipels Antwort lautete: „Meine Herren, ein Politiker muß nicht alles sagen, was er weiß, aber er muß wissen, was er sagt..."

Lujo *Toncic*, der es in der Zweiten Republik zum Außenminister brachte, verkehrte als Student in Wien in einem kleinen, billigen Gasthaus Ecke Reisnerstraße-Heumarkt. Dort empfing ihn der Piccolo einmal mit den Worten: „Was wünscht der Herr, was trinkt der Herr?" Worauf der Wirt dem Piccolo eine kräftige Ohrfeige gab und ihn belehrte: „Merk dir: Wenn einer gar nix ist, sagst zu ihm Herr Ingenieur!"

Ein Politiker der alten Schule war der Christlichsoziale Josef *Schlegel*, der im Jahre 1927 Landeshauptmann von Oberösterreich wurde und dieses Amt bis 1934 bekleidete. Schlegel regierte das Land mit einer an Pedanterie grenzenden Korrektheit. Über seine Sparsamkeit im Umgang mit Steuergeldern meinte er scherzend: „Man sagt mir nach, der Schlegel hat angeordnet, daß das Klosettpapier im Landhaus auf beiden Seiten benützt werden muß."

9 Theater, Literatur und Musik: Oben Max Reinhardt und Franz Werfel in Salzburg, unten der Staatsoperndirektor Richard Strauss und sein Librettist Hugo von Hofmannsthal

10 Die Antipoden: Karl Kraus und Anton Kuh

Schlegel hatte begabte Söhne; einer von ihnen wurde Generalpostdirektor und ein anderer Landesamtsdirektor von Oberösterreich. Als sich sein Sohn um die Aufnahme in den Landesdienst bewarb, meinte Schlegel: „Nehme ich ihn auf, werden die Leute sagen, ich bin ein Schwein. Nehme ich ihn nicht auf, werden sie sagen, ich bin ein Esel!"

Im Dezember 1928 wurde der Christlichsoziale Wilhelm *Miklas,* der bereits dem Reichsrat der Monarchie angehört und 1918 in der provisorischen Nationalversammlung als einziger Abgeordneter gegen die Formulierung gestimmt hatte, daß Deutschösterreich ein Bestandteil des Deutschen Reiches sei, zum Bundespräsidenten gewählt. Miklas war ein sehr frommer Mann; so fromm, daß Ignaz Seipel eines Tages über ihn sagte: „Ich bin ein Kleriker; der Miklas ist ein Klerikaler."

Sprachrohr der Christlichsozialen war nach wie vor die von Friedrich Funder geleitete „Reichspost", doch im Jahre 1929 wurde als Gegengewicht gegen das sozialdemokratische „Kleine Blatt", das seit 1927 erschien, „Das Kleine Volksblatt" gegründet. Erster Chefredakteur wurde der Funder-Schüler Hermann *Mailler,* der die Politik, von der er sich bei der Gestaltung des Blattes leiten ließ, an seine Schüler mit den Worten weitergab: „Merken Sie sich: Eine katholische Zeitung gibt's nicht. Entweder sie ist katholisch, dann ist sie keine Zeitung oder sie ist eine Zeitung, dann ist sie nicht katholisch."

Hans *Kelsen,* der Schöpfer der Verfassung von 1920, war Professor an der Wiener Universität. Zu den Studenten, die sich seiner besonderen Gunst erfreuten, gehörte August Maria *Knoll,* der 1932 Privatsekretär von Ignaz Seipel und nach dem Zweiten Weltkrieg Professor für Soziologie an der Wiener Universität wurde. Knoll kam eines Tages zu Kelsen und sagte ihm: „Herr Professor, Sie sind Freimaurer, ich bin Katholik, Sie sind Liberaler, ich bin Konservativer, Sie sind Republikaner, ich bin Monarchist. Warum fördern Sie mich?“ Worauf Kelsen erwiderte: „Sehen Sie, lieber junger Freund, eben weil sie all das nicht sind, was ich bin, fördere ich Sie!“

Kelsen war ein gütiger Prüfer. So entließ er einmal einen Kandidaten, der lediglich eine einzige, noch dazu sehr leichte Frage beantworten mußte, mit den Worten: „Danke, das genügt, Sie haben bestanden.“ Der Student erwiderte: „Herr Professor, ich habe mich aber so gründlich vorbereitet, daß ich Sie bitten würde, mich auf Auszeichnung zu prüfen.“ Darauf Kelsen: „Wenn das so ist, dann haben Sie eben mit Auszeichnung bestanden.“

Der Jusstudent Bruno Kreisky war bei einer Staatsprüfung anwesend, bei der Kelsen den ursprünglich vorgesehenen Prüfer Othmar Spann vertrat. Da er in der Volkswirtschaft nicht sehr zuhause war, stellte Kelsen die recht allgemein gehaltene Frage: „Was ist denn eigentlich der Merkantilismus?“ Der Kandidat sagte nun alles, was Spann in einem solchen Falle gerne gehört hätte, und als er geendet hatte, bemerkte Kelsen: „Komisch, zu meiner Zeit war das ganz was Anderes.“

Das überragende Ereignis des Jahres 1929 war der New Yorker Börsenkrach, der „Schwarze Freitag“ vom 25. Oktober. In Wien mußte bereits am 7. Oktober die Bodencreditanstalt, um sie vor dem Zusammenbruch zu retten, mit der Creditanstalt fusioniert werden. Die Fusion war zustande gekommen, nachdem die Regierung massiven Druck auf Baron Rothschild, den Hauptaktionär der Creditanstalt, ausgeübt hatte. Als man später

Bundeskanzler Schober fragte, ob es stimme, daß er Rothschild den Revolver an die Brust gesetzt habe, antwortete er: „Was heißt, einen Revolver? Ein Maschinengewehr!"

Der Börsenkrach, durch den nicht nur viele große Spekulanten, sondern auch viele kleine Sparer ihr Geld verloren, wurde von Karl Farkas mit den Worten kommentiert: „Die Baisse ist der Haß gegen die Hausse. Und die Hausse ist die Buß gegen die Baisse..."

Die Lage war trist. Der amerikanische Journalist H. R. *Knickerbocker* berichtete in seinem Buch „Kommt Europa wieder?": „Ein Wiener Bankdirektor sagte zu mir: ‚Mit der Krise ist es so schlimm geworden, daß heute der Optimist sagt: ‚Wir werden noch alle betteln gehen müssen', und der Pessimist antwortet: ‚Ja – aber bei wem?'"

Die Fusion mit der angeschlagenen Bodencreditanstalt hatte der Creditanstalt so sehr geschadet, daß die Bank im Frühjahr 1931 vor dem Ruin stand und nur durch neuerliche Staatsintervention gerettet werden konnte. Als am 25. September 1931 in Wien die Operette „Das Weiße Rößl" Premiere hatte, extemporierte Karl Farkas als Sigismund Sülzheimer angesichts der allgemeinen Bankenmisere: „Leute mit Plattfüßen sind jetzt die glücklichsten. Sie sind die einzigen, die ihre Einlagen herausnehmen können!"

„Das Weiße Rößl" wurde ein Welterfolg, was der Eitelkeit des Komponisten Ralph *Benatzky*, von mißgünstigen Kollegen wegen angeblicher Vorliebe für musikalische Anleihen auch „Benützky" genannt, sehr schmeichelte. Einer dieser Kollegen, befragt, ob Benatzky wirklich so eitel sei, wie man erzähle, antwortete: „Wie eitel er ist, kann ich nicht sagen. Eines steht aber fest: Wenn bei Regen die Tropfen an die Scheiben klatschen, steht der Benatzky auf und verbeugt sich."

Ungekrönter König der Operette war nach wie vor Franz *Lehar,* der fast jedes Jahr ein neues Werk hervorbrachte. 1927 hatte der „Zarewitsch" Premiere, 1928 „Friderike", 1929 „Das Land des Lächelns" und 1934 kam er mit „Giuditta" sogar zu Staatsopernehren. Emmerich *Kalman,* dessen „Teufelsreiter" im Jahre 1932 herauskam, litt ein wenig unter der Erfolgsserie seines Kollegen. Als ihm seine Librettisten Julius *Brammer* und Alfred *Grünwald* erzählten, daß es bei der Premiere der Operette „Collins Abenteuer" von einem inzwischen längst vergessenen Komponisten einen ausgewachsenen Theaterskandal gegeben habe, winkte Kalman resigniert ab: „Was hab' ich davon, wenn es nicht beim Lehar passiert!"

Der Ruhm von Oscar *Straus* war bis Hollywood gedrungen, das ihn einlud, Filmmusik zu schreiben. Als er im Januar 1930 in New York ankam, mußte er allerdings feststellen, daß ihn die amerikanischen Reporter nicht nur mit Johann Strauß, sondern auch mit Richard Strauss verwechselten. Dementsprechend wurde er gefragt: „Waren Sie verliebt, als Sie den Walzer ‚An der schönen blauen Donau' komponierten?" – „Warum wird in Ihrer Oper ‚Der Rosenkavalier' eine silberne und keine goldene Rose überreicht?"

Straus hatte in Hollywood nicht viel Erfolg, und als er schon im November 1930 wieder nach Europa fuhr, dichteten seine Freunde zum Abschied zur Melodie des „Walzertraums":
„Da draußen im lauschigen Studio
da dreht man jetzt ohne Musik –

11 Die Dioskuren des Wiener Kabaretts: Fritz Grünbaum und Karl Farkas

12 Maria Jeritza, die Primadonna assoluta zweier Welten

vorbei sind die lockenden Klänge,
es bleiben nicht viele zurück.
Was soll'n die berückenden Weisen?
Wer braucht schon im Film Melodie?
Es wird das Departement geschlossen –
es kostete zuviel Marie.
Leise ganz leise man das erwog:
Hauptsach' im Talkie ist Dialog…"

Wie viele andere Operettenkomponisten auch, hatte Straus zunächst Opern geschrieben. Deshalb wurde er auf dem Höhepunkt seiner Erfolge einmal von Freunden mit den Worten gerügt: „Ein Mann von deinem Talent sollte nicht solche Gassenhauer schreiben." Straus antwortete: „Also wenn ich Gassenhauer schreibe, dann nur für die allerfeinsten Gassen!"

In Europa waren Operetten nach wie vor ein großer Erfolg. Max Reinhardt brachte 1930 in Berlin eine „Fledermaus" heraus, deren Inszenierung so üppig war, daß Alfred *Kerr* reimte:

„Die Fledermaus wird immer feiner,
Nicht leicht und schlicht wie dazumal.
Gewänder, herrlich: Ludwig Kainer,
Und Tänze: Grete Wiesenthal.
Mit stattlich hoher Kostenziffer
Hat Reinhardt den Etat beschwert:
Der Text ward von Marcellus Schiffer
Und Rößler wesentlich vermehrt;
So daß es ziemlich lange währt;
Es bleibt ein kurzer Katzensprung
Von hier zur Götterdämmerung."

Den tanzenden Geschwistern Grete, Elsa und Berta Wiesenthal widmete Kerr ein eigenes Gedicht, das mit den Versen begann:

„So was lebt nicht noch einmal
Wie die Schwestern Wiesenthal.
Krudelhold, wenn sie erscheinen
Mit den wiesengrünen Beinen,
Wiegen sie auf grünen Stengerln,
Tanzen jauchzend wie die Engerln…“

In der Staatsoper wurde im Jahre 1929 Franz Schalk als Direktor von Clemens Krauss abgelöst, über den Hermann Leopoldi zur Melodie „Da geh' ich ins Maxim“ sang:

„Der schöne Clemens Krauss,
der paßt fürs Opernhaus,
die Damen rufen: Nehmen S'
doch nur den schönen Clemens!
Der Künstlerhut rutscht schief,
die Locke sitzt ihm tief,
was immer er auch leistet,
er wirkt dekorativ.“

Am 20. Juni 1931 wurden in der Oper „Die Bacchantinnen“ von Egon Wellesz uraufgeführt. In den Streit um das Werk, das von den Wienern prompt „Die Nebochantinnen“ getauft wurde, griff Franz Schalk, der dem Haus noch als Dirigent verbunden war, mit den Worten ein: „Gegen die Anhänger dieser Musik ist schwer zu kämpfen. Ihr Schlachtruf lautet: ‚Gott Wellesz!‘“

Bald darauf, im September 1931, starb Franz Schalk. Einige Zeit zuvor hatte Alban *Berg*, der den langjährigen Operndirektor boshafterweise den „Hofrat Kalk“ nannte, seinem Freund Erich Kleiber geschrieben: „Kennst du den Witz: Der Schalk sitzt im Jahr 1983 nach einer Aufführung in einem Café bei der Oper, liest eine Zeitung und sagt aufblickend: So, so, jetzt ist der Kleiber auch schon gestorben?“

Es gab aber auch junge und eigenwillige Kräfte an der Wiener Staatsoper. So sagte Hans *Pfitzner*, nachdem er die „Walküre“ in einer Inszenierung des jungen Lothar Wallerstein gesehen hatte: „Das war nicht die ‚Walküre‘ von Wagner, sondern die Willkür von Wallerstein.“

Obwohl es damals noch keinen bequemen und raschen Flugverkehr zwischen der Alten und der Neuen Welt gab, sang Maria Jeritza, so wie schon vor ihr Leo Slezak, regelmäßig an der New Yorker Metropolitan Opera, die in erster Linie von dem Bankier Otto Kahn erhalten wurde. Die Wiener waren nicht sehr froh über diese Auslandsaufenthalte ihres Gesangsstars, und so erschien einmal in einer Wiener Zeitung eine Karikatur der Jeritza mit folgendem Text:
„A-a-a,
Die Jeritza ist da,
Herbst und Winter sind vorbei jetzt,
Wien kommt wieder an die Reih' jetzt.
A-a-a,
Uns kahnn Amerika!“

In Wien gab es damals eine Bettlerin, die von Nachtcafé zu Nachtcafé zog und den Leuten erzählte, sie sei die Schwester der Komikerin Gisela Werbezirk, werde von ihr aber nicht unterstützt, weshalb sie im größten Elend lebe. Eines Nachts hatte diese Schnorrerin das Pech, im „Café de l'Europe“ der Werbezirk zu begegnen. Die Künstlerin drückte ihr einen 50-Schilling-Schein in die Hand und sagte: „So, und ab morgen erzählen Sie den Leuten, daß Sie die Schwester von der Jeritza sind!“

Leo *Slezak* hatte sich am Beginn der Dreißigerjahre bereits völlig vom Singen zurückgezogen und eine neue überaus erfolgreiche Karriere als Filmkomiker begonnen. Nach der Premiere seines ersten Films, die in Berlin stattfand, hörte er, wie ein Besucher zum anderen sagte: „Mensch, und so 'ne komische Kanone haben diese Affen vierzig Jahre lang singen lassen..."

Auch als Slezak noch aktiver Sänger war, hatte er für stete Heiterkeit gesorgt. Als der junge Helge Rosvaenge zum erstenmal in das Haus am Ring kam, empfing ihn Slezak mit den Worten: „Junger Freund, du kommst wie gerufen. Gerade habe ich den Feldmarschall im ‚Rosenkavalier' absagen müssen; meine Lieblingsrolle. Du bist doch so nett und springst für mich ein!"

Absagen waren tatsächlich eine Schwäche Slezaks. Diesbezüglich ermahnt, gab er zur Antwort: „Wenn ich nicht mehr absagen darf, freut mich die ganze Singerei nicht mehr!"

Übertroffen im Absagen wurde Leo Slezak allerdings von seinem jungen Kollegen Alfred *Piccaver*, über den es am Beginn einer Spielzeit einmal hieß: „Alfred Piccaver hat seine Indispositionen für diese Saison bereits getroffen."

Slezaks Freund, Kollege und Konkurrent Erik *Schmedes* sagte eines Tages in den Gängen des Opernhauses: „Der Slezak ist ein Sänger, ich bin ein Künstler." Nachdem man Slezak diesen Ausspruch hinterbracht hatte, meinte er: „Wenn der Schmedes mein hohes C hätt', hätt' er auch nix dagegen, ein Sänger zu sein."

Slezak rief Schmedes einmal zu nächtlicher Stunde an, tat so, als sei er ein durchreisender Amerikaner und fragte: „Mr. Schmedes, singen Sie am Donnerstag den ‚Othello'?" Nachdem Schmedes geschmeichelt bejaht hatte, bekam er zu hören: „Das ist aber schade, ich hätte gerne Mr. Slezak gehört!“

Einen ähnlichen Scherz erlaubten sich die Kollegen mit dem Burgschauspieler Franz *Höbling*, der nebenbei auch an der Hofoper sang und eine sehr selbstbewußte Persönlichkeit war. Höbling, wegen seiner Sprechweise im Kollegenkreis der „Silbenfaschierer“ genannt, hatte bereits dem alten Hofburgtheater angehört, wo er sich im Konversationszimmer dem eben engagierten Alexander *Girardi* mit den Worten vorgestellt hatte: „Ich bin der Hofschauspieler Franz Höbling.“ Entgeistert hatte Girardi geantwortet: „Da wird sich die Frau Mutter aber freuen.“

Bei Höbling läutete eines Nachts das Telefon. Der Anrufer erklärte, er sei Produzent in Hollywood, suche für einen Großfilm einen Hauptdarsteller und sei auf Höbling verwiesen worden. Dann begann er Fragen zu stellen: „Können Sie singen?“ – „Selbstverständlich“, erwiderte Höbling, „ich bin ausgebildeter Opernsänger.“ – „Können Sie tanzen?“ – „Kann ich.“ – „Können Sie reiten?“ – „Kann ich.“ – „Können Sie fechten?“ – „Kann ich.“ – „Sind Sie groß und blond?“ – „Selbstverständlich“, erwiderte Höbling. „Groß und blond.“ Darauf der Anrufer: „Das ist aber schade. Wir suchen nämlich einen kleinen Schwarzen!“

Im Wiener Burgtheater wechselten die Direktoren in rascher Folge. Am 1. Juli 1930 wurde Franz Herterich von Anton Wildgans abgelöst, der somit zum zweitenmal Burgtheaterdirektor wurde, aber nur bis zum 31. Dezember in diesem Amt verblieb. In den wenigen Monaten seiner Direktion stieg das Defizit beträchtlich, denn Wildgans gestaltete den Spielplan ohne Rücksicht auf kommerzielle Erfordernisse nach literarischen Erwägungen. Als am 29. Oktober 1930 „Die Bürger von Calais" von Georg Kaiser Premiere hatten, erklärte er in vertrautem Kreise: „Damit hoffe ich, die Kasse wieder einmal kräftig zu schädigen."

Angesichts des finanziellen Debakels der Bühne war es verständlich, daß das „Neue Wiener Journal" im Jahre 1931 schrieb: „Eine stattliche Armee von Steuerzahlern ist bereits entschlossen, die Lösung der Burgtheaterkrise durch Anzünden des Prunkbaues am Ring herbeizuführen."

Die Krise des Burgtheaters fand ihren Ausdruck in der hektischen Suche nach einem neuen Direktor. Egon Friedell, von einem Journalisten gefragt, was er als Burgtheaterdirektor machen würde, erklärte: „Ich würde vor allem die Tradition des Hauses mit dem Zeitgeist versöhnen, das heißt, ich würde zugkräftige Stücke spielen, ohne minderwertige zuzulassen, ich würde ferner der Cliquenwirtschaft ein Ende setzen, ohne selbstverständlich wertvolle Einflüsse zu unterbinden, und ich würde das Burgtheater wieder zur ersten deutschen Bühne machen." – „Und dann?" fragte der Journalist weiter. „Und dann", sagte Friedell, „würde ich wegen Undurchführbarkeit meines Programmes zurücktreten."

Auch Georg *Reimers*, seit 1880 an dem Haus engagiert, wurde gefragt, ob er Burgtheaterdirektor werden möchte. Seine Antwort lautete: „Burgtheaterdirektor? Lieber scheintot im Massengrab!"

Schließlich holte man aus Hamburg den Theaterpraktiker Hermann *Röbbeling*, der sich von seiner Aufgabe auch dadurch nicht abschrecken ließ, daß ihm der Jour-

Nicht nur das Burgtheater, sondern auch seine Schauspieler hatten finanzielle Probleme. So hatte Maria *Eis* einen derartigen Schuldenberg angesammelt, daß sie sich auf Anraten ihres Anwaltes mit den wichtigsten Gläubigern, nämlich Schneider, Friseur, Greissler usw. ausglich. Nachher ging sie zu Röbbeling und meldete: „Herr Direktor, ich bin im Ausgleich!" Worauf Röbbeling sagte: „Also Salondamen im Wechsel habe ich schon gehabt, Salondamen im Ausgleich noch nicht!"

Wien war in den Dreißigerjahren nicht nur eine Theaterstadt, sondern auch ein bedeutendes Filmzentrum. Dominiert wurde der österreichische und darüber hinaus der ganze deutschsprachige Film aber von den Ungarn. So kam der Komiker Paul *Morgan* einmal zu einer Regiebesprechung, an der außer Geza von *Bolvary* auch Martha Eggert, Ernst Verebes und Tibor von Halmay teilnahmen. Nur das Scriptgirl war eine Chinesin, worauf Morgan erstaunt ausrief: „Wie ist das möglich? Eine Chinesin beim Film!" Bolvary beruhigte ihn: „Reg dich nicht auf. Ihr Mann ist ein Ungar!"

Paul *Hörbiger*, der damals viel in Berlin filmte, fragte Egon Friedell, der bei Max Reinhardt spielte: „Sagen Sie mir, Doktor Friedell, was wollen diese Nazis und was wollen die Kommunisten!" – „Der Unterschied ist ganz einfach", belehrte ihn Friedell. „Ein Nationalsozialist ist einer, der ‚Mein Kampf' nicht gelesen hat. Und ein Marxist ist einer, der ‚Das Kapital' nicht gelesen hat!"

Friedell hatte nach Berlin seinen Hund „Schnack", eine schauerliche Promenadenmischung, mitgebracht und spottete: „In Berlin hält man Schnack für einen Hund und mich für einen Schauspieler."

In den Jahren 1927 bis 1932 erschienen die drei Bände von Friedells „Kulturgeschichte der Neuzeit". Als sich ein Berliner Verleger beklagte, daß ihm Friedell die Kulturgeschichte nicht angeboten habe, erhielt er die Antwort: „Bei Ihnen wäre Sie ja kein Erfolg geworden. Wäre das Neue Testament bei Ihnen erschienen, hätte das Christentum längst nicht die Ausbreitung gefunden, die es erfahren hat."

Friedell fragte seine Freundin Lina Loos, ob sie seine Kulturgeschichte schon gelesen habe. „Nein", erwiderte sie, „das ist so ein Buch, wo alles drinsteht, was mich nicht interessiert." – „Du irrst, meine Liebe", belehrte sie Friedell, „so umfassend ist das Werk leider nicht!"

Der deutsche Kronprinz fragte Friedell: „Ich höre, der letzte Band Ihrer Kulturgeschichte ist erschienen. Wie weit geht er eigentlich?" Friedell antwortete: „Bis zu Ihnen, Kaiserliche Hoheit!"

Im Hinblick auf ein bekanntes Massenblatt des Berliner Ullsteinverlages erklärte Friedell: „Meine Kulturgeschichte reicht von der Schwarzen Pest bis zur Grünen Post."

Eine Wiener Tageszeitung veranstaltete eine Rundfrage, was Bernard Shaw und sein Übersetzer, der Wiener Schriftsteller Siegfried Trebitsch, gemeinsam hätten. Friedell antwortete: „Daß sie beide nicht deutsch können."

Architekt und Schriftsteller zugleich war Adolf *Loos,* der seiner 1921 erschienenen Schrift „Ins Leere gesprochen" im Jahre 1931 den Band „Trotzdem" folgen ließ. Karl Kraus fällte über sein Werk das berühmt gewordene Urteil: „Adolf Loos und ich, er wörtlich, ich sprachlich, haben gezeigt, daß zwischen einer Urne und einem Nachttopf ein Unterschied ist und daß in diesem Unterschied erst die Kultur Spielraum hat. Die anderen aber, die Positiven, teilen sich in solche, die die Urne als Nachttopf und die den Nachttopf als Urne gebrauchen."

Oskar *Kokoschka* dagegen meinte in gutmütigem Spott: „Es war dumm, daß Gott am sechsten Tag nicht Loos um Rat gefragt hat. Er hätte ihn mit tödlichem Ernst auf alle Konstruktionsfehler aufmerksam gemacht."

Loos war ein unerbittlicher und vor allem selbstbewußter Kritiker seiner Kollegen. Als er einmal in einem von Oskar Strnad gebauten Haus das Wohnzimmer betrat, das auf beiden Seiten Fenster hatte, sagte er zum Hausherrn: „Sagen Sie diesem Stümper, dem Strnad, daß nur ein Architekt auf Erden es sich erlauben darf, von beiden Seiten des Raumes Licht ins Zimmer fallen zu lassen. Dieser Architekt bin ich. Nur ich kann mich mit Raum und Licht auseinandersetzen."

Eines der apodiktischen Urteile, die Loos fällte, lautete: „Ordinär ist das, was die ordinären Leute für fein halten."

Loos praktizierte, was er schrieb. Eines Tages traf er bei Goldman & Salatsch, dem Herrenmodegeschäft, das in dem von ihm erbauten Haus am Michaelerplatz untergebracht war, einen Kollegen und sagte zu ihm: „Welche Krawatte finden Sie am geschmacklosesten?" Der Architekt bezeichnete eine, und Loos sagte zum Verkäufer: „Die packen Sie mir ein. Die werde ich tragen!"

Scharfe Kritik übte Loos auch an der Wiener Werkstätte, von der er behauptete, sie sei eine jüdische Dekadenzerscheinung. Als man ihm entgegenhielt, daß Josef Hoffmann, die führende Persönlichkeit der Werkstätte, doch kein Jude sei, erwiderte Loos: „Der Schammes im Tempel ist immer ein Goi ... !"

Es gab kaum ein Thema, über das Loos nicht seine Urteile verkündete. So erklärte er einmal: „Die Mittelmächte haben den Weltkrieg verloren, weil es bei ihnen noch Zugstiefeletten gab. Bei der Entente gibt es nur noch Wikkelgamaschen."

Nachdem Loos in einem Pariser Bistro nach dem Essen seinen Teller mit einem Stück Weißbrot ausgewischt hatte, verkündete er: „Dieses Stückchen Brot ist die Grundlage für die französische Kultur. Würde der Franzose nicht nach jedem Gang seinen Teller mit diesem Brot in der Hand auswischen, könnte er nicht fünf Gänge essen, denn er hätte nicht genügend Teller und die Frau nicht genügend Zeit, sie zu waschen."

Eine Amerikanerin, die in Wien zu Besuch war, sagte im Verlauf eines Essens zu Loos, der schwerhörig war: „Wie schade, daß sie die geistreichen Gespräche, die hier geführt werden, nicht hören können." Darauf Loos: „Sie hören ja auch nicht, was jetzt gerade in Amerika, Australien und Asien gesprochen wird."

Ein recht selbstbewußter Architekt war auch Clemens *Holzmeister*, der im Auftrag von Kemal Atatürk die Regierungshauptstadt Ankara in der Türkei plante. Boshafte Kollegen behaupteten, seine Berufung sei folgendermaßen zustande gekommen: Atatürk hatte seinen Botschaftern in allen Ländern den Auftrag gegeben, den besten zeitgenössischen Architekten für das Projekt zu suchen. Also erschien der türkische Botschafter in Wien bei Clemens Holzmeister, der damals Rektor der Akademie der Bildenden Künste war, und fragte: „Magnifizenz, bitte nennen Sie mir den bedeutendsten österreichischen Architekten der Gegenwart?" Worauf Holzmeister schlicht geantwortet haben soll: „Exzellenz, Sie haben ein Glück! Er steht vor Ihnen!"

Holzmeister erhielt den Auftrag, plante und erbaute in Ankara prächtige Bauten, und die Neider in den Wiener Kaffeehäusern witzelten: „Der Holzmeister ist die Vergeltung Österreichs für die beiden Türkenbelagerungen..."

Eine neue Generation von Literaten bevölkerte die Kaffeehäuser Wiens. So saß im „Café Schottentor" der aus Niederösterreich stammende Theodor *Kramer* und schrieb dort erdverbundene, bäuerliche Gedichte. Prompt spotteten die Kollegen, er habe einmal in Gedanken verloren gerufen: „Herr Ober! Eine Pflugschar, bitte!"

Der junge Friedrich *Torberg* erfreute sich der Gunst von Karl Kraus, der ihn eines Tages fragte: „Wie alt sind Sie eigentlich?" – „Dreiundzwanzig!" – „So jung war ich nicht einmal mit vierzehn!"

Torberg pflegte auch Umgang mit dem Anwalt Dr. Hugo *Sperber*, den er viele Jahre später in seinem Buch „Die Tante Jolesch oder der Untergang des Abendlandes in Anekdoten" liebevoll geschildert hat. Als sich Torberg bei Sperber einmal nach besonders interessanten „Bassena-Prozessen", d.h. nach Ehrenbeleidigungsprozessen vor dem kleinen Bezirksgericht erkundigte, erhielt er folgende Auskunft: „Am nächsten Dienstag bin ich mit einer Dreckschlampe hier ... das ist nichts für Sie ... aber halt! Donnerstag habe ich einen geleckten Arsch, daß Ihnen das Wasser im Munde zusammenlaufen wird!"

Hugo Sperber war nicht der bedeutendste, wohl aber der bekannteste Wiener Anwalt der Zwischenkriegszeit, über den das Sprüchlein umging:
„Räuber, Mörder, Kindsverderber
Gehen nur zu Doktor Sperber."

Sperber verteidigte einen Einbrecher, dem als besonders erschwerend angelastet wurde, daß er seine Taten einerseits bei hellichtem Tag, andererseits im Schutze der Nacht verübt habe. Entrüstet erklärte der Anwalt daraufhin in seinem Plädoyer: „Hohes Gericht! Mein Mandant soll nicht bei Tag einbrechen, mein Mandant soll nicht bei Nacht einbrechen. Hohes Gericht, ich frage: Wann soll denn mein Mandant einbrechen?"

Ein Dieb wurde von Sperber verteidigt, war mit dessen Plädoyer nicht zufrieden und unterbrach ihn ständig mit Einwänden. Sperber wies ihn schließlich mit den Worten zurecht: „Passen Sie auf, lieber Freund! Ich habe Sie bei Ihrem Einbruch nicht gestört, stören Sie mich gefälligst nicht bei meinem Plädoyer!"

Ein Mandant sah in Sperbers Kanzlei eine Zigarettentabatiere liegen, wollte sie einstecken, wurde dabei aber vom Anwalt ertappt und belehrt: „Passen Sie auf, das ist mein Arbeitszimmer und nicht Ihres!"

Ein schwerer Bursche, einschlägig vorbestraft, wurde vor Gericht gestellt, weil man ihn nächtlicherweise in der Nähe eines Geschäftes, in dem ein Einbruch verübt worden war, mit einem Rucksack voll Einbruchswerkzeugen angetroffen hatte. Sperber verteidigte ihn mit den Worten: „Hohes Gericht! Wir alle“ – und dabei maß er mit einem umfassenden Blick die im Gerichtssaal versammelten Männer – „tragen ständig das Werkzeug für einen Ehebruch bei uns. Wem wird es aber deshalb einfallen, uns jedesmal vor Gericht zu stellen, wenn irgendwo ein Ehebruch begangen wird!“

Die Politik machte auch vor dem Gerichtssaal nicht halt. So verteidigte Sperber einmal einen jungen Nationalsozialisten, der wegen eines Sprengstoffattentates vor Gericht stand. Der Anwalt erregte das Mißfallen des Senates, als er erklärte: „Mein jugendlicher und unerfahrener Mandant wußte offensichtlich nicht, daß das einzige in Österreich erlaubte Sprengmittel das Weihwasser ist!“

Ein politisch engagierter Literat war Jura *Soyfer,* der 1930, im Alter von achtzehn Jahren, für das Kabarett der sozialdemokratischen Studenten ein Heimwehrlied schrieb, das mit den einprägsamen Versen begann:
„Zitt're, feige Mitwelt,
Wenn der Heimwehr Schritt gellt!
Wer nicht mit uns mithält,
Christian oder Mäuschel.
Kriegt einen Tritt ins Beuschel.
Jeder kriegt sein' Teil!
Heil!“

Nicht minder einprägsam war das Gedicht, das Soyfer zwei Jahre später für die „Arbeiter-Zeitung“ schrieb, als Hermann Göring mit Gefolge zu einem SA-Aufmarsch nach Wien kam. Die erste Strophe lautete:
„Mit Trommel, Wirbel und außerdem
Von jauchzendem ‚Nazdar!‘ umbrandet,

Sind Strasser, Göring und Stabschef Röhm
Im Westbahnhof gelandet.
Zehn braune Jungfrauen in Doppelreih'n,
Die harrten mit Blumengaben,
Für Röhm bestellte man obendrein
Zwei weißgekleidete Knaben.
(Röhm nahm die Knaben wohl in den Arm,
Er hielt sie sicher, er hielt sie warm.)"

Marschiert wurde mehr denn je. Weil die Heimwehr immer mehr nach rechts wanderte, wurde ein neuer Wehrbund geschaffen, die Ostmärkischen Sturmscharen. Die Angehörigen dieser Truppe trugen auf den Krawatten ihrer hellgrauen Uniformen ein großes Kreuz und wurden unter einem Spitznamen bekannt: „Die Ölberghusaren."

Es gab auch eine jüdische Wehrorganisation, die den Ostmärkischen Sturmscharen nahestand und kaffeebraune Uniformen trug. Daher lautete ihr Spitzname: „Die Meinlhusaren."

Eine der wenigen Institutionen, in denen Christlichsoziale und Sozialdemokraten noch zusammenarbeiteten, war der Programmbeirat der RAVAG, wie die damalige Rundfunkgesellschaft hieß. Auch dort ging es freilich nicht ohne heftige Auseinandersetzungen ab. So protestierte einmal der sozialdemokratische Vorsitzende der Postlergewerkschaft, der im Beirat saß, lebhaft gegen die Orgelkonzerte am Sonntagvormittag. Vergeblich versuchte ihm der Generaldirektor des Unternehmens, Oskar Czeija, zu erklären, daß diese Konzerte doch lediglich künstlerische und keine politische Bedeutung hätten. „Hörn S' ma auf", unterbrach ihn der Postlerchef und hieb mit der Faust auf den Tisch. „Die Urgel is a christlichsoziales Parteiinstrument..."

Angesichts der wirtschaftlichen Notlage und der politischen Entzweiung machte Ignaz Seipel im Juni 1931, nach der Demission des Kabinettes Ender, den Sozialdemokraten ein Koalitionsangebot. Sie lehnten aber ab, getreu der Parole Otto Bauers: „Wir wollen nicht den Arzt am Krankenbett des Kapitalismus spielen."

Als aber Ignaz Seipel ein Jahr darauf am 2. August 1932 starb, hielt ihm Otto Bauer in der „Arbeiter-Zeitung" einen ehrenden Nachruf, in dem es hieß: „An seiner Bahre können auch wir von ihm sagen: er war ein Mann, nehmt alles nur in allem! Der Soldat verweigert dem gefallenen Feind die letzten militärischen Ehren nicht. So schicken auch wir dem großen Gegner drei Salven über die Bahre."

Auf dem Krankenbett hatte Seipel den Besuch des Nuntius in Wien empfangen, der ihn fragte, ob er nicht nach Lourdes pilgern und um Genesung bitten wolle, damit er die Nachfolge des eben verstorbenen Erzbischofs, Kardinal Friedrich Piffl, antreten könne. Seipel hörte sich an, was ihm der Nuntius mitzuteilen hatte, und sagte nachher zu seinem Sekretär: „Man kann doch die Mutter Gottes nicht dazu benützen, Erzbischof zu werden . . . !"

Bald nach Ignaz Seipel, am 19. August, starb Altbundeskanzler Johann Schober, und abermals einige Tage darauf, am 20. September 1932, wurde Theodor Innitzer als Nachfolger von Kardinal Piffl, der am 21. April gestorben war, Erzbischof von Wien. Innitzer, Inhaber der Lehrkanzel für Neues Testament an der Wiener Universität, war dreimal Dekan der Theologischen Fakultät und im Kabinett Schober von 1929 bis 1930 Sozialminister gewesen. Als Rektor im Studienjahr 1928/29 hatte er sich so energisch gegen die antisemitischen Krawalle auf der

Universität ausgesprochen, daß die nationalen Studenten über ihn mit dem Wortspiel spotteten: „Unser Innitzer – inser Unnitzer!"

Innitzer, aus einer nordböhmischen Arbeiterfamilie stammend, blieb auch in den höchsten Ämtern von Kirche und Staat ein Mann von bezwingender Schlichtheit. Beugte jemand das Knie, um seinen Ring zu küssen, pflegte er meist zu sagen: „Bitte, keine gymnastischen Übungen."

Dem Geist der Zeit entsprechend, war Theodor Innitzer kein besonderer Befürworter der weiblichen Emanzipation. Im Hofe der Wiener Universität, an der er lange Jahre lehrte, steht eine Brunnenplastik, darstellend die Kastalia, die Hüterin der reinen Quelle. Da man aber offensichtlich vergessen hatte, den Brunnen an das Wassernetz anzuschließen, sprudelte nichts in das Becken vor der Plastik. Innitzers Kommentar dazu: „Die Figur ist das Denkmal des weiblichen Studiums. Sie sitzt das ganze Jahr da und es kommt dabei nichts heraus."

Es entsprach der zwar schlichten, aber auch sehr impulsiven Art des neuen Erzbischofs, daß er sein Amt nicht in würdevoller Zurückhaltung versah, sondern gerne und oft – nach Ansicht mancher Leute sogar zu oft – in der Öffentlichkeit erschien. Dementsprechend kursierte bald nach seiner Inthronisation folgende Scherzfrage: „Was denken der Grazer Bischof *Pawlikowski*, der Salzburger Bischof *Waitz* und der Wiener Bischof Innitzer, wenn sie beim Segen das dreifache Kreuzzeichen machen? Der Pawlikowski denkt: ‚Schön bin ich! Schön bin ich! Schön bin ich!' Der Waitz denkt: ‚So stehts im Kodex! So stehts im Kodex! So stehts im Kodex!' Und der Innitzer denkt: ‚I komm schon! I komm schon! I komm schon!'"

Auch an der Spitze der Regierung stand ein neuer Mann. Im Mai 1932 war der vierzigjährige Engelbert *Dollfuß*, der bereits im Jahr zuvor als Landwirtschaftsminister ins Kabinett Ender eingetreten war, Bundeskanzler geworden. Hatte man Ignaz Seipel wegen seiner souveränen Staatskunst den „Autrichilieu" genannt, so verdankte Engelbert Dollfuß seinen Spitznamen seiner geringen Körpergröße: Er hieß der „Millimetternich".

Dollfuß, ein unehelich geborener Bauernsohn aus Niederösterreich, war ein Mann von großem persönlichen Mut. Am Ersten Weltkrieg hatte er als hochdekorierter Kaiserschützenoffizier teilgenommen, obwohl er wegen seiner geringen Körpergröße von nur 1 Meter 51 bei der Musterung zunächst abgewiesen worden war. Er erschien aber neuerlich vor der Stellungskommission und wurde prompt gefragt: „Sind Sie nicht schon einmal assentiert und wegen Untermaßes zurückgestellt worden?" „Jawohl", antwortete der damals 22jährige Dollfuß, „ich habe mich aber in der letzten Zeit ganz aufs Wachsen verlegt!"

Der neue Bundeskanzler übernahm die Regierungsgeschäfte in einer außergewöhnlich schwierigen Situation. Bei den Nationalratswahlen vom November 1930 waren die Sozialdemokraten die stärkste Partei geworden, die Regierungskoalition hatte nur mehr eine Mehrheit von einem Mandat und überdies hatten die Nationalsozialisten bei den Landtagswahlen in Wien, Niederösterreich und Salzburg im Frühjahr 1932 beträchtliche Gewinne erzielt. Dazu kam die zunehmende Radikalisierung der Heimwehr, die ihren weithin sichtbaren Ausdruck fand, als der Rechtsanwalt Walter Pfrimer, steirischer Landeskommandant und Bundesführer zugleich, in der Nacht vom 12. auf 13. September 1931 einen Putschversuch unternahm. Der Versuch scheiterte, Pfrimer mußte fliehen und im sozialdemokratischen Studentenkabarett sang man nach der Melodie des kleinen Gardeoffiziers von Robert Stolz:

„An einem Abend mit Hörnerklang,
bei Mond und Fünfschilling-Scheinen,
da putschte der Pfrimer, der Rauter, der Prankh
und Starhemberg mit den Seinen.
Doch nur zwölf Stunden gelang der Putsch,
und Pfrimerlein suchte die Grenze.
Ging nicht nach Wien, doch ging es futsch.
Da sangen die Hahnenschwänze:
Adieu, mein kleiner, dicker Advokat, adieu,
adieu, und vergiß uns nicht, und vergiß uns nicht..."

Derart flotte Gesänge vermochten nichts daran zu ändern, daß die sozialdemokratische Opposition vor einem unlösbaren Dilemma stand. Sollte man weiterhin auf die Erringung einer regierungsfähigen Mehrheit im Parlament warten, oder war es nicht an der Zeit, der außerparlamentarischen Radikalisierung der äußersten Rechten mit adäquaten Methoden zu begegnen? Die Parteiführung vermochte keine verbindliche Antwort auf diese Fragen zu geben, und der junge Otto *Leichter*, dessen Frau Käthe später in einem KZ umkam, formulierte in vertrautem Kreis das Unbehagen mit den sarkastischen Worten: „Wir sind ja sehr gescheit, wir machen nur keinen Gebrauch davon."

Der junge Alfred *Magaziner*, Redakteur der Sozialistischen Korrespondenz, fragte Theodor *Körner*, den Wehrexperten der Partei, wie er die Lage beurteile. Körner, Generalstabsoberst der k.u.k. Armee und General der Volkswehr, hatte sich aus der Führung des Republikanischen Schutzbundes zurückgezogen, weil er einem

Wehrverband keine Chancen gegenüber der Staatsgewalt von Heer, Gendarmerie und Polizei einräumte. Nun antwortete er auf die Frage Magaziners lakonisch: „Schauen Sie, mit einer Armee von Pazifisten kann man keinen Krieg führen!"

Eines Tages ging in Wien das Gerücht um, Otto Bauer sei ermordet worden. Ungeheure Empörung bemächtigte sich der Arbeiterschaft, doch stellte sich glücklicherweise heraus, daß das Gerücht völlig aus der Luft gegriffen war. Bald darauf erzählte man sich in Wien, Otto Bauer habe damals zu Friedrich Austerlitz, dem Chefredakteur der „Arbeiterzeitung", gesagt: „Hätten sie mich wirklich erschlagen, hättet ihr gechrieben: ‚Ein zweites Mal lassen wir uns den Genossen Bauer nicht erschlagen!'"

Der Jahresbeginn 1933 stand im Zeichen eines Ereignisses, das weitreichende Folgen für Österreich hatte. Am 30. Januar wurde Adolf Hitler deutscher Reichskanzler; der Nationalsozialismus hatte in Deutschland die Macht ergriffen. Bald darauf schrieb Sigmund *Freud* an Marie Bonaparte: „Die Welt wird ein großes Zuchthaus. Die ärgste Zelle ist Deutschland."

Zu den österreichischen Künstlern, die nun in Deutschland verfemt waren, zählte Max Reinhardt, der daraufhin vom Impressario Meyer *Weisgal* aus New York folgendes Telegramm erhielt: „Max Reinhardt, Europa. Wenn Hitler Sie nicht haben will, ich nehme Sie!"

Auch Alban *Berg* war nun in Deutschland verfemt, weil seine Musik als artfremd galt und er überdies fälschlich als Jude bezeichnet wurde. Er teilte daraufhin seinem Freund Hermann Watznauer auf offener Postkarte mit:

„Wieder einmal hat man mich draußen zum Juden gestempelt. Ich habe dem Bayerischen Rundfunk einen gesalzenen Brief geschrieben und mich meiner (Vor)haut gewehrt!"

Ein Brief, den Stefan Zweig an den Inselverlag in Deutschland, der seit langem sein Gesamtwerk betreute, geschrieben hatte, wurde im Dritten Reich zu Propagandazwecken genützt. Zweig hatte sich damit viel Ärger eingehandelt; so schrieb ihm Joseph *Roth:* „Sie haben früher dementiert, daß Sie der Arnold Zweig sind. Sie dementieren durch jede Verbindung mit Deutschland, daß Sie der Stefan Zweig sind."

Franz Theodor *Csokor* hatte dagegen, rasch entschlossen, jedwede Verbindung mit Deutschland abgebrochen und sagte: „Man muß sich eben entscheiden: Gutes Geschäft oder gutes Gewissen."

Willi *Forst* stellte im Jahre 1933 seinen Schubert-Film „Leise flehen meine Lieder" fertig. Bei der Arbeit am Vorspann sagte jemand im Schneideraum: „Was wird der Hitler für ein Gesicht machen, wenn er die jüdischen Namen der Produzenten liest?" Darauf Forst: „Was für ein Gesicht er auch macht – er kann sich nur verbessern!"

In Wien kommentierte Josef *Weinheber,* im Freundeskreis wegen seiner Vorliebe für den chinesischen Klassiker Li Tai Pe der Li Tai Pepperl genannt, die Vorgänge jenseits und diesseits der Grenze mit dem gelassenen Vers:
„Die Welt hat anders begonnen.
Es ist ein Sieg der Natur.
Die Blunck und Brehm und Bronnen
Übernehmen die deutsche Kultur."

Am 4. März 1933 ging in Österreich die parlamentarische Demokratie zugrunde. Im Nationalrat waren nach einem nie völlig aufgeklärten Abstimmungspallawatsch nacheinander der erste, der zweite und der dritte Präsident zurückgetreten. Das Parlament war somit führungslos; es hatte sich, wie es in der Sprachregelung der Regierung hieß, selbst ausgeschaltet. Die drei Präsidenten waren zurückgetreten, nachdem ein Antrag zur Geschäftsordnung zwar mit 81 gegen 80 Stimmen angenommen worden war, bei der Überprüfung aber zutage trat, daß zwei Stimmzettel den gleichen Namen trugen. Vermutlich war das folgendermaßen zustande gekommen: Der sozialdemokratische Abgeordnete Simon Abram hatte vor der Abstimmung den Saal verlassen und seinen Parteifreund Wilhelm Scheibein gebeten, für ihn seinen Stimmzettel in die Urne zu werfen. Scheibein hatte dann wahrscheinlich versehentlich zwei Stimmzettel mit dem Namen Abram und keinen mit seinem Namen abgegeben. Da ferner vermutet wurde, Abram habe den Saal verlassen, um einem dringenden Bedürfnis Folge zu leisten, schrieb der den Sozialdemokraten nahestehende englische Journalist Eric *Gedye* in seinem Buch „Als die Bastionen fielen“: „Es ist ein melancholischer Gedanke, daß sechs Millionen Menschen ihre Freiheit verloren, weil ein einziger Mann eine schwache Blase hatte.“

Dollfuß war entschlossen, auch ohne Parlament zu regieren. Der Dritte Präsident des Nationalrates, der Großdeutsche Sepp Straffner, der nachträglich zu der Ansicht gekommen war, daß er gar nicht das Recht gehabt hatte, zurückzutreten, berief für den 15. März eine Sitzung in das Haus am Ring ein. Es erschienen aber nur die sozialdemokratischen und die großdeutschen Abgeordneten, sowie zweihundert Kriminalbeamte, die nach einer kurzen Ansprache Straffners den Saal im Auftrag der Regierung räumten. Die „Arbeiter-Zeitung" unterschätzte offensichtlich die Entschlossenheit des Kanzlers, denn sie nahm die Vorgänge im Parlament eher von der komischen Seite und schrieb in ihrer Ausgabe vom 16. März unter dem Titel „Heiteres in ernster Zeit": „Die Kriminalbeamten sagten, sie hätten den Auftrag, eine Paragraph-Zwei-Versammlung im Haus am ‚Ring des 12. November' Nr. 1 zu verhindern – diese Nachricht löste im ganzen Parlament stürmische Heiterkeit aus: obwohl nur oppositionelle Abgeordnete im Parlament waren, hörte man viele Worte des Dankes an die Regierung Dollfuß, daß sie durch ihre kuriosen Ideen zur Erheiterung in diesen ernsten Zeiten beitrug."

Ähnlicher Ansicht war offensichtlich auch der Sekretär des sozialdemokratischen Parlamentsklubs, Dr. Adolf *Schärf*, der nachmalige Parteivorsitzende, Vizekanzler und Bundespräsident. Als Friedrich Scheu unmittelbar nach der Sitzung recht aufgeregt bei ihm erschien und fragte, was er nun dem „Daily Herald", dessen Korrespondent er war, berichten sollte, beruhigte ihn Schärf mit den Worten: „Machen Sie nur kein Aufsehen. Die Sitzung hat ja stattgefunden!"

Das Kunststück, ohne Parlament zu regieren, gelang Dollfuß, indem er auf das noch immer geltende Kriegswirtschaftliche Ermächtigungsgesetz aus dem Jahre 1917 zurückgriff. Er brauchte keinen Nationalrat, der Gesetze verabschiedete, denn er regierte mit Hilfe von Verordnungen, die das Kabinett beschloß. Geistiger Vater dieser Lösung war der Sektionschef Robert *Hecht*, der langjährige Kronjurist des Heeresministeriums. Über ihn und seinen Minister Vaugoin hatte die sozialdemokratische Zeitschrift „Der freie Soldat" einst unter dem Titel „Ich und mein Hecht" ein langes Spottgedicht veröffentlicht, das mit den Versen endete:

„Solang' i mein Hecht hab',
So bin i no wer,
Der schützt mi ja besser
Als Gott unser Heer.

Bei Seipel, i sag' die Wahrheit,
Mir kann nix passieren.
Solang' mi mei Hausjurist
Durch die Paragraphen tut führen."

Dollfuß wußte natürlich, daß er nicht auf die Dauer mit Notverordnungen regieren konnte, weshalb er die Ausarbeitung einer neuen Verfassung ankündigte. Auch dieses Vorhaben nahmen die Sozialdemokraten zunächst nicht ernst, denn der Abgeordnete Robert *Danneberg* erklärte am 16. April 1933: „Wenn der Bundeskanzler Dr. Dollfuß unlängst verkündet hat, es müsse jetzt eine Verfassungsreform für Jahrzehnte gemacht werden, schreckt mich das gar nicht, denn in Österreich wird alle vier Jahre eine Verfassungsreform für Jahrzehnte gemacht!"

Die logische Konsequenz der Ausschaltung des Parlaments war, daß die politische Konfrontation mehr denn je auf der Straße stattfand. Davon machten die Nationalsozialisten, denen Hitlers Machtergreifung im benachbarten Deutschland mächtigen Auftrieb gegeben hatte, mit brachialer Gewalt Gebrauch. Bald gehörten Brand-, Böller- und Bombenattentate so sehr zum politischen Alltag, daß ein bitterer Witz umging: „Da steigt in Wien einer aus der Elektrischen, und der Schaffner ruft ihm nach: ‚Sie, Herr, Sie haben Ihr Packl liegenlassen!' Der läuft zurück und sagt: ‚Jessas, jetzt hab i meine Bomben vergessen ...'"

KAPITEL IV

Der rote Riese ist gefällt

oder

DER CHRISTLICH-DEUTSCHE STÄNDESTAAT

1933 – 1938

Engelbert Dollfuß hatte sich viel vorgenommen. Die parlamentarische Demokratie sollte durch einen autoritären Ständestaat abgelöst werden. An die Stelle der Parteien sollte die Einheitsbewegung der Vaterländischen Front treten. Und statt Konfrontation und Konflikten sollte es nur mehr das gemeinsame Bekenntnis zum österreichischen Vaterland geben. Das Motto dieses neuen Systems, das die Gegner „Klerikofaschismus" nannten, stammte von einem Zugereisten. Im Jahre 1684 hatte der aus Mainz stammende Kameralist Philipp Wilhelm *Hornigk*, der 1647 als protestantischer Konvertit nach Österreich gekommen war, ein Buch geschrieben, dessen Titel nun, 250 Jahre danach, zum Feldgeschrei der Vaterländischen Bewegung wurde: „Österreich über alles, wenn es nur will!"

Auch die 250-Jahr-Feier der Türkenbefreiung im Herbst 1933 wurde genutzt, um österreichisches Traditionsbewußtsein zu manifestieren. Dabei wurde ein regelrechter Kult um den bis dahin völlig unbekannt gewesenen Kapuzinerpater Markus von Aviano entwickelt, der im September 1683 das kaiserliche Heer begleitet hatte. Man errichtete ein Markus-von-Aviano-Denkmal neben der Kapuzinerkirche in Wien, zitierte Markus-von Aviano-Predigten und erreichte damit unter anderem, daß in den Wiener Kaffeehäusern folgender Witz erzählt wurde: „Im Himmel geht ein Kapuzinerpater spazieren und stellt sich den Leuten mit den Worten vor: ‚Mein Name ist Markus von Aviano. Können Sie mir, bitte, sagen, wer ich eigentlich war?'"

Um die Arbeitslosigkeit zu bekämpfen, entfaltete die Regierung eine rege Bautätigkeit, soweit dies bei der angespannten Budgetlage möglich war. Reichsbrücke, Funkhaus, Höhenstraße und Großglockner-Hochalpenstraße waren sichtbare Zeugen dieser Tätigkeit. Um das Selbstbewußtsein der Österreicher zu stärken, erfolgte die Eröffnung dieser Bauwerke in feierlichem Rahmen, und dem Bundespräsidenten Wilhelm *Miklas* fiel dabei die Aufgabe zu, durch Zerschneiden eines rot-weiß-roten Bandes den Zugang symbolisch freizugeben. Diese „Eröffneritis" grassierte bald so sehr, daß nach dem Brand, der im Jahre 1937 die Wiener Rotunde zerstörte, folgender Witz erzählt wurde: Bundespräsident Miklas trifft am Brandplatz ein, zieht eine Schere aus der Tasche, durchschneidet einen Feuerwehrschlauch und sagt: „Hiermit erkläre ich den Rotundenbrand für eröffnet!"

Die Anstrengungen um eine Belebung der Wirtschaft nützte aber nicht viel. Am Beginn des Jahres 1934 gab es in Österreich 440000 Arbeitslose, und damals ging das bittere Sprüchlein um:

„Wenn der letzte Arbeitslose
Liegt im kühlen Erdenschoße
Und die letzten Invaliden
Aus diesem Jammertal geschieden,
Der Vater raucht den letzten Tschik,
Eh' er sich aufhängt mit dem Strick,
Der letzte Pensionist krepiert,
Dann ist Österreich saniert."

Das Abzeichen der am 20. Mai 1933 gegründeten Vaterländischen Front war ein rot-weiß-rotes Bändchen, das am Rockaufschlag getragen wurde. Weil der Beitritt zur Vaterländischen Front Voraussetzung für das berufliche Fortkommen war, bürgerte sich für das Bändchen die Bezeichnung „Existenzmascherl" ein. Weil es von vielen gegen ihre innere Überzeugung getragen wurde, hieß es auch „Gesinnungsbruchband". Und weil den harten Kern der VF, wie die Kurzbezeichnung der Vaterländischen Front lautete, die Angehörigen des Cartellverbandes bildeten, nannte man sie oft: „CV^2F."

Eine nie versiegende Quelle für Scherze war die Kleinwüchsigkeit des Kanzlers. „Der Dollfuß", erzählte man, „macht sich jetzt solche Sorgen, daß er die ganze Nacht unter dem Bett spazierengeht."

Bei anderer Gelegenheit hieß es: „Dollfuß ist in Verlust geraten. Der Ministrant in der Schottenkirche hat irrtümlich das Meßglöckerl auf ihn gestellt."

Selbst Dollfuß machte sich über seinen kleinen Wuchs lustig. Am 3. Oktober 1933 wurde er bei einem Revolverattentat leicht verletzt. Dem englischen Historiker John Wheeler-Bennet, der sich damals gerade in Wien aufhielt, erklärte er nach dem Anschlag: „Die Polizei meint, der Täter war entweder ein Nazi oder ein Sozialist. Ich habe aber meine eigene Theorie. Ich glaube, es war ein verrückter Wissenschaftler, der ein Atom spalten wollte."

Bald nach dem Attentat spottete man in Wien, der Polizeipräsident habe folgende Verordnung erlassen: „Wer auf den Fürsten Starhemberg schießt, wird mit 100.000 Schilling bestraft. Wer auf den Innenminister Fey schießt, wird mit 200.000 Schilling bestraft. Auf den Bundeskanzler Dollfuß darf überhaupt nicht geschossen werden."

Bei den oberöſterreichiſchen Landtagswahlen hat der Heimatblock eine vernichtende Niederlage erlitten.

Starhemberg: „Verlaſſen, verlaſſen, verlaſſen bin i . . .“

13 Ernst Rüdiger Starhemberg nach der Niederlage seines Heimatblocks bei den Landtagswahlen in Oberösterreich

Politische Ostereier.

14 Der kleine Kanzler in der Karikatur des „Kleinen Blattes": Engelbert Dollfuß und die politischen Ostereier des Jahres 1933

Angesichts der zunehmenden nationalsozialistischen Agitation wurde im Frühjahr 1933 ein Uniformverbot für die SA erlassen. Reinhard *Spitzy*, der Sohn eines angesehenen Wiener Arztes, marschierte daraufhin mit seinem Freund Otto Brandl, dem Sohn des Polizeipräsidenten, im Gehrock seines Vaters und mit einem Zylinderhut auf dem Kopf durch die Innere Stadt. Auf seiner Kehrseite trug er einen Karton, auf dem geschrieben stand:

„Staatsgefährlich, ganz abnorm
ist so eine Uniform,
drum hochgelobt sei der Erfinder
der ungefährlichen Zylinder."

Diese Art von Humor animierte entsprechende Reaktionen. So kursierte damals in Wien das Sprüchlein:

„Wenn ich seh ein Hakenkreuz,
Krieg ich gleich zum Kacken Reiz."

Das Parlament tagte seit dem 4. März 1933 nicht mehr, der Republikanische Schutzbund war am 30. März 1933 verboten worden, die Feiern am 1. Mai 1933 hatte die Exekutive unterbunden, aber noch gab es die Sozialdemokratische Partei und ihr Zentralorgan. Die „Arbeiter-Zeitung" veröffentlichte am 11. Februar 1934 unter dem Titel „Testament des Christlichsozialen" ein Gedicht von Jura Soyfer, dessen erste Strophen lauteten:

„Verkalkt sind die letzten Arterien.
Der Doktor, den ich geholt,
Verschrieb Nationalratsferien –
Ich hab' mich dabei nicht erholt.

Mir nützt nicht mehr Landluft und Rindszucht,
Ja, Alpenluft schadet mir nur.
Es hilft mir gegen die Schwindsucht
Mehr keine Lügenkur.

Da habts mein letztes Mandatel!
Verkaufts mein G'wand, 's geht zu End'.
Der Tod nimmt mich schon beim Krawattel,
Ich schreibe mein Testament..."

Die Wirklichkeit sah anders aus. Zwar erhoben sich am darauffolgenden Tag, dem 12. Februar 1934, die Arbeiter in Wien, Linz und einigen anderen Städten, doch der erwartete Generalstreik blieb aus. Bundesheer, Polizei, Gendarmerie und Milizverbände trugen nach einigen Tagen voll blutiger Kämpfe den Sieg davon, und am 18. Februar jubelte die „Reichspost":
„Glück auf, mein Kanzler, nun führe den Streich!
Nun zimmre das neue Österreich!
Nun ist das große Wunder vollbracht,
An das gestern noch niemand gedacht:
Der Rote Riese ist gefällt,
In die Falle gestürzt, die er selber gestellt."

Bald darauf replizierte die illegale „Arbeiter-Zeitung", die in Brünn erschien und nach Österreich geschmuggelt wurde, mit den Versen:
„Wir kommen wieder, schon rüsten wir zum Sturm,
Rot weht die Fahne vom Stephansturm,
Rot von den Gipfeln der Alpen wird wehn
Unserer Fahnen Auferstehn!"

Der Bürgerkrieg im Februar 1934 hatte ein weltweites Echo. Weil die Regierung in Wien nach der Niederschlagung des Aufstandes immer wieder versicherte, daß sie Herr der Lage sei, reimte der deutsche Kommunist Johannes R. *Becher* im sowjetischen Exil:
„Das ist ein Lied aus unserer Zeit,
Herrlicher als jede Sage,
Ein Lied von den Arbeitern Österreichs –
Sie blieben Herren der Lage."

In Wien wurden nach der Beendigung der bewaffneten Auseinandersetzungen Plakate mit der Inschrift angeschlagen: „Dollfuß hat gesiegt!" Auf eines dieser Plakate kritzelte ein fußballbegeisterter Gegner des Regimes: „Aber nur in der ersten Halbzeit!"

Unter den vielen Personen, die im Gefolge der Februarereignisse festgenommen oder einvernommen wurden, war auch die „rote Erzherzogin" *Elisabeth*, die in erster Ehe mit dem Fürsten Otto zu Windisch-Graetz und in zweiter Ehe mit dem sozialdemokratischen Mandatar Leopold Petznek verheiratet war. Ihre Aussage vor der Polizei war sehr kurz: „Mein Großvater war der Kaiser Franz Joseph, mein Vater der Kronprinz Rudolf. Wollen Sie noch etwas wissen?"

Dem oberösterreichischen Schutzbundkommandanten Richard Bernaschek, dessen Widerstand gegen eine Waffensuche im Linzer Hotel „Schiff" am 12. Februar den Aufstand ausgelöst hatte, gelang es zu Ostern 1934 aus der Haft zu entkommen und nach Deutschland zu fliehen. Unter den Genossen, die in Haft blieben, ging damals das Wort um:
„Der Stein ist weg,
das Grab ist leer,
den Bernaschek
seht's nimmermehr!"

Otto Bauer hatte sich nach dem Zusammenbruch der Erhebung nach Brünn begeben, wo er die Erlassung eines Aufrufes vorschlug, der mit den Worten enden sollte: „Es lebe die Diktatur des Proletariats!" Julius *Deutsch*, der Führer des Schutzbundes, der ebenfalls in Brünn war, erhob gegen diese Formulierung Einspruch und wurde dabei von Friedrich *Adler* unterstützt, der erklärte: „Um

Krebskranke zu retten, bedarf es einer Krebsoperation. Aber deshalb wird doch niemand rufen: ‚Es lebe die Krebsoperation!'"

Viele, die nicht ins Exil gegangen waren, gingen in den Untergrund. Konspirative Tätigkeit wollte freilich gelernt sein. So erlebte Friedrich Scheu, der als Korrespondent für den „Daily Herald" arbeitete, wie eine Bekannte, die Flugblätter in ihrer Wohnung verborgen hielt, eine Freundin anrief und sagte: „Du, die Kinder sind noch immer bei mir. Wenn du sie nicht sofort abholen läßt, stecke ich sie in den Ofen!"

Dr. Adolf *Schärf*, Sekretär der sozialdemokratischen Parlamentsfraktion und Mitglied des Bundesrates, kam ins Anhaltelager Wöllersdorf. Dort wurde er bei einem „Bunten Abend" am 2. Mai 1934 mit folgendem Lied begrüßt:

„Im Bundesrat sprach voller Verve,
Der jetzo angehaltene Schärf;
Als Sekretär im Parlament
Ist seine Tätigkeit zu End,
Drum sekretiert das Lager er,
Damit das Essen werde mehr."

Im benachbarten Deutschland war man sich des Unterschiedes zwischen einem Anhaltelager österreichischer Art und einem Konzentrationslager wohl bewußt. „In Wöllersdorf", hieß es in Berlin, „haben sich die Zustände sehr gebessert. Die Wachen werden neuerdings viel weniger geschlagen . . ."

Wozu das Dritte Reich fähig war, zeigte es am 30. Juni 1934, in der „Nacht der langen Messer", in der SA-Stabschef Röhm, viele seiner Anhänger und auch andere mißliebige Persönlichkeiten exekutiert wurden. Wenige Tage nach diesen Massenliquidierungen saß in Wien das Ehepaar Werfel mit dem steirischen Landeshauptmann Dr. Anton *Rintelen* beisammen. Obwohl jedermann wußte, daß er mit den Nationalsozialisten konspirierte, behauptete er, von den Vorgängen in Deutschland und ihren Auswirkungen auf Österreich nichts zu wissen. „Das Wesen jeder Diktatur", belehrte Rintelen die Werfels, „ist das Geheimnis, das alles verhüllt." – „Da ist unsere österreichische Diktatur aber eine Ausnahme", antwortete Alma *Mahler-Werfel*. „Bei uns weiß man immer schon zwei Wochen vorher ganz genau, was dann doch nicht eintrifft."

Das Befürchtete trat aber doch ein. Am 25. Juli 1934 wurde Engelbert Dollfuß von nationalsozialistischen Putschisten, die in das Bundeskanzleramt eingedrungen waren, ermordet. Der Aufstand wurde jedoch niedergeschlagen und Rintelen, der im Falle des Gelingens des Putschversuches Bundeskanzler hätte werden sollen, wurde verhaftet. Italienische Truppen marschierten am Brenner auf, und ein hoher italienischer Diplomat versicherte ahnungsvoll dem österreichischen Militärattaché in Rom, Oberst Emil Liebitzky: „Eine gemeinsame Grenze mit Hitler können wir nicht brauchen. Wenn die Deutschen in Innsbruck frühstücken, werden sie in Mailand mittagessen wollen."

Franz von Papen, der wenige Wochen zuvor, am 30. Juni 1934, mit angesehen hatte, wie einige seiner Freunde und Mitarbeiter liquidiert worden waren, ließ sich nach dem Zusammenbruch des Juli-Putsches von Hitler als Botschafter nach Wien schicken. Nach seinem Eintreffen zirkulierte im Wiener diplomatischen Korps der Ausspruch: „Qui mange du Papen en meurt..."

Nachfolger von Engelbert Dollfuß wurde der Unterrichtsminister Kurt von *Schuschnigg*, der im Jahre 1927 im Alter von dreißig Jahren als christlichsozialer Abgeordneter ins Parlament eingezogen war. Schuschnigg unterschied sich in vieler Hinsicht von seinem Vorgänger. Rudolf Kalmar, Chefredakteur des „Tag", fragte bald nach dem Amtsantritt Schuschniggs dessen Kriminalbeamten, der schon unter Dollfuß gedient hatte, wie denn der neue Chef sei. „Hören S' ma auf, Herr Doktor", sagte der Beamte, „Sie haben ja den alten Chef 'kannt. Unpünktlich war er, allaweil war a Wirbel, aber fesch war's, besonders wann ma am Abend zum Heurigen g'fahrn san. Aber der Neiche? Der kummt pünktlich und der fahrt a pünktlich ham. Amal in der Wochen kommen vier Herrn mit an schwarzen Kastn." Und dann mit einer weit ausholenden Geste, als führe er einen Fiedelbogen: „Geignen tan s' ..."

Der Gegensatz zwischen dem kleinen, temperamentvollen und weltoffenen Dollfuß und seinem großgewachsenen, zurückhaltenden und verschlossenen Nachfolger beschäftigte auch den Volkswitz. Schuschnigg, so hieß es, der seine Frau bei einem Autounfall verloren hatte, trage sich mit dem Gedanken, die Witwe von Engelbert Dollfuß zu heiraten. Er sei aber, klagte er im Freundeskreis, so ganz anders als sein Vorgänger: er sei nicht so klein, habe nicht so große Augen und trage das Haar gescheitelt statt nach oben gebürstet. Worauf ihm der Rat erteilt wurde: „Mach' Neuwahlen. Dann wirst du so klein, die Augen werden dir aufgehen und die Haare zu Berg stehen."

Nachdem Schuschnigg auf der Schmelz einen großen Appell der Amtswalter der Vaterländischen Front abgehalten hatte, erzählte man in Wien: „Die Schmelz wird jetzt in Markusplatz umgetauft. Begründung: Schuschnigg hat dort vor 30.000 Tauben gesprochen."

G. E. R. *Gedye*, der als Korrespondent englischer Zeitungen in Wien lebte, notierte in seinem Buch „Fallen Bastions" folgenden Witz aus der Schuschnigg-Zeit: Ein Tiroler Bürgermeister besucht den Bundeskanzler auf dem Ballhausplatz. Schuschnigg fragt den Besucher, ob er die Parole „Wiedergeburt Österreichs im Christlich-deutschen Ständestaat" verstehe. „Nicht ganz, Herr Bundeskanzler", sagt der biedere Tiroler Bauer, „aber natürlich glauben wir alle daran." Darauf führte Schuschnigg den Bürgermeister zum Fenster seines Arbeitszimmers und sagte: „Ich werde es Ihnen erklären. Sagen Sie mir, was Sie da draußen sehen." – „Da draußen", sagte ein Tiroler, „sehe ich einen Mann, der in ein Auto steigt und eine Mutter mit ihrem Kind." Darauf Schuschnigg: „Nun, wenn Sie in einem Jahr wiederkommen, werden Sie zehn Autos sehen und zehn Männer, die einsteigen und zehn Mütter mit Ihren Kindern und das, mein lieber Herr Bürgermeister, ist die Wiedergeburt Österreichs im Christlich-deutschen Ständestaat." Der Bürgermeister fährt in sein Heimatdorf zurück, ruft seine Gemeinderäte ins Rathaus und sagt zu ihnen: „Der Herr Bundeskanzler hat mir in Wien die ‚Wiedergeburt Österreichs im Christlich-deutschen Ständestaat' erklärt, und ich werd' euch jetzt auch erklären, wie das geht. Schaut's einmal aus dem Fenster und sagt's mir dann, was ihr seht." Die verdutzten Gemeinderäte schauen aus dem Fenster, und schließlich sagt einer: „Also, i' seh unsere Kirchen, eine alte Frau, die hineingeht und einen Bettler, der an der Kirchenmauer sitzt." Daraufhin erklärt der Bürgermeister: „Und wenn ihr in einem Jahr aus dem Fenster schauen werd'st, dann werd'st ihr zehn Kirchen sehen, zehn alte Frauen, die hineingehen und zehn Bettler an der Kirchenmauer. Das, hat der Herr Bundeskanzler gesagt, ist die ,Wiedergeburt Österreichs im Christlichdeutschen Ständestaat'!"

Karl Renner, der sich nach den Ereignissen des Jahres 1934 in sein Gloggnitzer Landhaus zurückgezogen hatte, erzählte gerne folgende Geschichte: „Ein Führer der Vaterländischen Front erscheint in einer Gemeinde, fragt, wie die Einwohnerschaft gesinnt sei, und erhält die Antwort: „Die Hälfte ist braun!" – „Und die andere Hälfte?" – „Rot!" – „Und wer ist dann in der Vaterländischen Front?" – „In der sind wir alle!"

Unter dem Titel „A. E. I. O. U." wurde ein vaterländisches Buch herausgebracht, das aber bald nach seinem Erscheinen wieder eingestampft werden mußte, weil unbekannte Täter in der Druckerei in den Text unsinnige Absätze wie etwa die folgenden geschmuggelt hatten: „Nach dem verunglückten Turmbau zu Babel zogen die Österreicher nach Österreich und wurden hier vom Donauweibchen gastfreundlich empfangen. – Die Säulen des Herkules am Karlsplatz, die der gewaltige Held auf seinen wiederholten Reisen einst rechts und links der Straße von Gibraltar aufgestellt hat. – Die Gründung Wiens durch den Prinzen Vindo, der auf der Burg am Kahlenberg das holde Töchterchen Bone der Markgräfin Lenna heiratete."

Im Jahre 1935 verschafften sich die illegalen Sozialisten die offiziellen Einladungslisten für den Ball der Stadt Wien und verschickten auf wunderschönem Büttenpapier folgenden Text:

„Einladung

zum Ball der Stadt Wien,

der am 7. Februar 1935 von den Führern des Faschismus in Österreich, den wohlbekannten Henkern und Mördern, veranstaltet wird. Jeder treue Mitarbeiter am Aufbau dieses Zuchthausstaates hat sein Erscheinen zugesagt. Die Sicherheit der Gäste gegen etwaige Störungen durch die hungernden Massen Wiens ist durch den Einsatz der bewaffneten Exekutive und die Verhaftung von einigen Tausenden illegalen Sozialisten unbedingt gewährleistet. Die notwendige vergnügliche Atmosphäre wird durch eine überaus reichlich bestellte Tafel und die Verwandlung aller Säle des Rathauses in eine Feenwelt voll märchenhafter Blüten geschaffen werden. Das Festprogramm, das im Einklang mit den unsichtbaren Sympathien, die wir für das namenlose Elend der werktätigen Bevölkerung hegen, zusammengestellt wurde, wird durch eine Anzahl von Überraschungen gewürzt werden.

Die Schlächter und Mörder des Februar!"

Verdächtige Personen, zu denen auch der Journalist Gedye mit seiner offenbaren Sympathie für die illegale Sozialdemokratie gehörte, wurden überwacht. Gedye rächte sich dafür, daß seine Korrespondenz geöffnet wurde, indem er sich selber Briefe mit Niespulver schickte und einmal auch folgendes Schreiben: „Nächste Zusammenkunft der Gruppe nationalsozialistischer demokratisch-kommunistischer faschistischer Bombenwerfer um vier Uhr früh Endstation Mauer. Übungsbomben sind mitzubringen."

Da Gedye außerdem die britische Botschaft dazu veranlaßte, ständig wegen der Behinderung der Arbeit eines Auslandskorrespondenten zu protestieren, sagte ihm eines Tages ein hoher Beamter des Ballhausplatzes: „Ich bitte Sie, mein lieber Herr Gedye, uns sofort zu verständigen, wenn die Zustellung der illegalen ‚Arbeiter-Zeitung' durch die Post an Sie wieder einmal nicht funktionieren sollte. Wir haben der Polizei strengste Weisung gegeben, in Hinkunft Ihre illegale Korrespondenz in Ruhe zu lassen. Es ist für uns viel einfacher, Sie lesen in Ruhe Otto Bauers sinnlose Artikel, als daß wir uns mit diplomatischen Beschwerden herumschlagen müssen."

Die undankbare Aufgabe, mit den Auslandskorrespondenten umzugehen, fiel dem Pressechef des Ballhausplatzes, Eduard Ludwig, zu. Sein Einfluß war so groß, daß es über ihn hieß: „Eigentlich gibt es in Wien nur drei Chefredakteure: Den Reiter für die ‚Wiener Zeitung', den Funder für die ‚Reichspost' und den Ludwig für alle anderen Blätter."

Der damals 24jährige Bruno Kreisky wurde Anfang 1935 wegen illegaler Betätigung verhaftet und ein Jahr darauf mit einer Reihe von Parteifreunden im sogenannten „Sozialistenprozeß" vor Gericht gestellt und verurteilt. Bald nach seiner Verhaftung hatte Kreisky seinen Vater brieflich um einige Kleidungsstücke, darunter eine Krawatte, gebeten und hinzugefügt: „Die Krawatte muß nicht unbedingt rot sein, da ich auf Übereinstimmung von Gesinnung und Krawatte keinen Wert lege ..."

Eine befreundete Schauspielerin hatte Kreisky einige Bücher ins Gefängnis geschickt, darunter einen Band mit dem Titel „Aufruhr des Herzens". Als der Aufseher, der wegen seiner Hängebacken den Spitznamen „Erbsensackel“ hatte, das Buch sah, wies er Kreisky zurecht: „Aufruhr, das gibts net! Des kennans ihnen hamschicken lassen. Aufruhr gibts da kan!“

Als sich Kreisky seinerseits bei „Erbsensackel“ beschwerte, daß es in der Gefängnisbücherei nur so fade Lektüre wie die „Gartenlaube“ gebe, erwiderte der Aufseher: „Für Ihna kann i ka ‚Arbeiter-Zeitung‘ aus Brünn daherschmuggeln.“

Bruno Kreisky saß einige Zeit in einer Zelle mit einem Nationalsozialisten und einem Kommunisten. Der Nationalsozialist redete ständig davon, daß Hitler einmarschieren und ihn befreien werde. Der Kommunist wiederum wartete auf den Krieg, in dem Stalin den Hitler besiegen und ihm die Freiheit geben werde. Später, als es längst keinen Hitler und keinen Stalin mehr gab, kommentierte Bruno Kreisky seine damalige Situation mit den Worten: „Und da saß der kleine Sozialdemokrat Kreisky zwischen diesen beiden, die einen Stalin und einen Hitler hatten, und er hatte gar nichts.“

Im Sommer 1936 brach der Spanische Bürgerkrieg aus. Auf republikanischer Seite entstand innerhalb der 11. Internationalen Brigade das Bataillon „12. Februar 1934“, in dessen Reihen ehemalige Schutzbündler gemeinsam mit Kommunisten dienten. Ihr Lied lautete:
„Unsre Herzen sind mit Haß geladen,
Denn da drüben steht derselbe Feind,
Dem wir einst, in Wien, auf Barrikaden,
Widerstanden, aber nicht geeint.
So gespalten, mußten wir erliegen,
Der Faschist, er trug den Sieg davon.
Heute aber wird die Einheit siegen,
Siegen wird das Februar-Bataillon.“

Es war nicht immer leicht, die Arbeitereinheit zu verwirklichen. Julius Deutsch, der ehemalige Schutzbundführer, der es in Spanien zum General und Befehlshaber der Küstenverteidigung brachte, berichtet in seinen Memoiren, er habe in Spanien einen Grazer Schutzbündler getroffen, der sich bitter darüber beklagte, daß ihn seine kommunistischen Kameraden als politisch unzuverläßigen, verkappten Faschisten verdächtigten. Deutsch schreibt weiter: „Einige Zeit später traf ich den Mann wieder. ‚Alles in Ordnung', erklärte er zufrieden. Dann erzählte er, daß er seiner Frau nach Graz geschrieben habe, man halte ihn in seiner Kompanie nicht für einen richtigen Antifaschisten. Die Frau überlegte nicht lange und wandte sich um Hilfe an den Polizeikommissar ihres Grazer Wohnbezirkes, der seinerzeit ihren Mann verhaftet hatte. Der Polizeibeamte hatte ein menschliches Einsehen, er fertigte eine Bestätigung aus, daß der N.N. ‚als Sozialist und illegaler Gewerkschafter' polizeibekannt sei. Dieses Dekret eines Polizeibeamten der Dollfuß-Regierung über die politische Unzuverlässigkeit des Mannes in Österreich erwarb ihm die Anerkennung der politischen Zuverlässigkeit in der spanischen Formation. Sogar die eifrigsten Kommunisten beugten sich der Bestätigung der Grazer Polizei."

Nicht nur in Spanien wurde gekämpft. Im Fernen Osten bombardierten die Japaner Shanghai und fielen in China ein. In diesen Tagen kam der Komponist Ernst Krenek zu Karl Kraus, der tief in der Nacht an seinem Schreibtisch saß und mit einem seiner Beistrichprobleme rang. „Ich weiß", sagte Kraus zu dem Komponisten, „daß dies alles sinnlos sein mag. Aber hätten die Leute, die dazu verpflichtet sind, immer darauf geachtet, daß alle Beistriche am richtigen Platz stehen, würde Shanghai heute nicht brennen!"

Und Anton *Webern*, der langjährige Dirigent der Arbeiter-Symphoniekonzerte, sagte zu einem Sänger, der bezweifelte, ob man in diesen Zeiten überhaupt noch musizieren solle: „Wenn wir heute abend unsere Bach-Kantaten schön singen, leisten wir damit auch einen Beitrag zur Revolution!"

Auch in Afrika herrschte der Krieg. Nachdem im Jahre 1935 die Italiener Abessinien überfallen hatten, erschien der Reporter eines Wiener Abendblattes bei seinem Chefredakteur und sagte: „Schicken Sie mich als Kriegsberichterstatter nach Abessinien!" – „Sind Sie wahnsinnig", herrschte ihn der Chefredakteur an, „das können wir uns doch niemals leisten!" – „Aber Herr Chef", entgegnete der Reporter gemütlich, „ich will doch gar nicht wirklich nach Abessinien fahren. Ich setz' mich in ein Kaffeehaus und schreib' Ihnen die schönsten Kriegsberichte, die Sie sich vorstellen können." Der Chefredakteur war einverstanden, und einige Zeit hatte sein Blatt Berichte vom Kriegsschauplatz in Abessinien, mit denen keine Zeitung in Wien mithalten konnte. Allerdings sprach sich bald herum, daß der Reporter keineswegs in Abessinien weilte, und so erhielt sein Blatt eines Tages den Anruf eines Mannes, der sich als abessinischer Geschäftsträger in Wien vorstellte und um die Frontadresse des Reporters bat, da man ihm für seine ausgezeichnete Berichterstattung einen hohen abessinischen Orden verleihen wolle. Der Anrufer, bei dem es sich um den Journalisten eines Konkurrenzblattes handelte, wurde vorerst abgewimmelt. Als er aber nach wiederholten Telefonaten noch immer nicht die gewünschte Adresse erhalten hatte, sagte er schließlich: „Also, wenn Sie Ihren Kriegsberichterstatter in Abessinien nicht finden können, dann wer'n ma halt einmal ins ‚Café Weisshappel' nachschauen gehen!"

Die Wiener Presse der Zwischenkriegszeit war reich an pittoresken Persönlichkeiten, und über ihre erotischen und finanziellen Eskapaden waren viele Geschichten im Umlauf. So erzählte man von einer jungen Dame, die in aufgelöstem Zustand das Zimmer des Redakteurs an einer großen Tageszeitung betrat und ihn anflehte: „Können Sie mir, bitte, helfen. Ich bin heute in diesem Hause in ein und derselben Angelegenheit bereits dreimal mißbraucht worden..."

Legendären Ruf erlangte die Spesenrechnung eines Lokalreporters, der lakonisch geschrieben hatte: „Taxi zur Mondfinsternis: Zwanzig Schilling."

Viel beobachtet wurde auch die Spesenrechnung eines Redakteurs, der auf eine längere Recherche in eine Landeshauptstadt geschickt worden war. Sie lautete für den ersten Tag: „Frühstück 10 S. Mittagessen 20 S. Abendessen 15 S. Und der Mensch ist nicht aus Holz 50 S." So lautete die Spesenrechnung Tag für Tag, bis es dem Chefredakteur zu bunt wurde. Am fünften Tag strich er die Formulierung „Und der Mensch ist nicht aus Holz" durch und schrieb dafür an den Rand: „Aber er ist auch nicht aus Eisen!!!"

Karl Kraus starb am 12. Juli 1936. Sein Tod erschütterte Freund und Feind. „Ein Mensch, der davon gelebt hat, die anderen umzubringen, kann doch nicht tot sein", meinte Egon Friedell. „Karl Kraus ist abgestiegen zur Hölle, zu richten die Lebendigen und die Toten", sagte Oskar Kokoschka. Und Anton Kuh, der Karl Kraus ein Leben lang bekämpft hatte, erklärte: „Wenn einem so ein Feind wegstirbt, da geht ein Freund dahin..."

In den letzten Jahren vor seinem Tode hatte Karl Kraus, der den Nationalsozialismus für das bei weitem größere Übel hielt, das autoritäre Regime von Dollfuß und Schuschnigg unterstützt. Kurt *Tucholsky* kommentierte diese Haltung von Kraus mit den Worten: „Die Ratte betritt das sinkende Schiff..."

Bitter und böse war auch ein Gedicht über Karl Kraus, das man unter dem Titel „Über den schnellen Fall des guten Unwissenden" im Nachlaß von Bert *Brecht* fand:
„Er rühmte die Mörder.
Er beschuldigte die Ermordeten.
So bewies er,
wie wenig die Güte hilft,
die sich nicht auskennt,
und wie wenig der Wunsch vermag,
die Wahrheit zu sagen
bei dem, der sie nicht weiß."

Der junge Kärntner Lyriker und Publizist Guido *Zernatto* wurde im Jahre 1936 Generalsekretär der Vaterländischen Front. Als politischer Außenseiter tat er sich in dieser Funktion zunächst schwer. Fragte man in der Bundesführung der VF, wer denn dieser neue Generalsekretär eigentlich sei, konnte es vorkommen, daß man die wenig freundliche Antwort erhielt: „Ein christlichsozialer Heimwehrnazi, der eine Judin zur Frau hat."

Ein schwerer Schlag für das Regime war der Zusammenbruch der Versicherungsanstalt „Phönix" mit einem Verlust von annähernd 260 Millionen S. Viele kleine Leute kamen um ihr Geld, und der Wiener Volkswitz erfand eine Steigerung von „nichts": „Nix, gar nix, Phönix."

Während Schuschnigg mit Hitler im Juli 1936 ein Abkommen schloß, von dem er sich vergeblich eine innere Befriedung erhoffte, begann Italien sich von seinem früheren Bündnispartner zu distanzieren. Als ein neuer italienischer Gesandter nach Wien geschickt wurde, notierte Außenminister *Ciano* in sein Tagebuch: „Ich hab die Aufgabe des italienischen Gesandten beim Ballhausplatz folgendermaßen umrissen: Er ist ein Arzt, der einem Sterbenden Sauerstoff zu verabreichen hat, ohne daß es der Erbe merkt. Im Zweifelsfall interessiert uns der Erbe mehr als der Sterbende …"

Der Volkswitz hatte die neue politische Situation rasch erfaßt und artikulierte sie folgendermaßen: „Frage: Was ist die Achse Rom-Berlin? – Antwort: Der Spieß, an dem Österreich braun geröstet werden soll."

Vorläufig gab der Sterbende aber noch kräftige Lebenszeichen von sich. Hermann Röbbeling veranstaltete im Burgtheater einen Zyklus „Stimmen der Völker", der ihm den Beinamen der „dramatische Außenminister" eintrug. Ungarn war in diesem Zyklus mit Imre Mardachs „Tragödie des Menschen" vertreten, in der Maria Eis die Eva im Paradies spielte. Sie trat in einem für damalige Begriffe recht freizügigen Kostüm auf, bekleidet lediglich mit einem enganliegenden fleischfarbenen Kostüm und etwas Laub. Eines Tages herrschte große Aufregung im Theater; Erzbischof Kardinal Innitzer hatte sein Kommen angekündigt. Nur Maria Eis behielt die Ruhe und sagte in ihrem schönsten Prager Deutsch: „Seids nicht so aufgeregt, werd ich halt eine Innitzer-Ranke mehr über den Busen legen …!"

Die Schweiz war in diesem Zyklus durch das Drama „Der Bürgermeister von Zürich" von Hermann Ferdinand *Schell*, dem Vater der Schauspielgeschwister Maria und Maximilian Schell, vertreten. Das Stück, das der Autor zunächst schlicht „Waldmann" genannt hatte, schilderte das Leben des gleichnamigen Zürcher Bürgermeisters und war von Schell unter seinem ursprünglichen Titel dem Burgtheater eingereicht worden. Als Schell keine Antwort erhielt, reiste er nach Wien und wurde in der Direktionskanzlei des Burgtheaters von Röbbeling mit ausgebreiteten Armen und den Worten empfangen: „Mein lieber, verehrter Herr Schell! Selbstverständlich werden wir Ihr wunderschönes Dackelstück spielen!" Verdutzt und erbost erwiderte Schell: „Was heißt Dackelstück? Mein Drama handelt vom berühmten Züricher Bürgermeister Waldmann!" Darauf Röbbeling: „Sie müssen schon entschuldigen, aber bei uns daheeme heißen alle Dackeln Waldmann!"

Röbbeling führte auch patriotische Stücke auf. Als das Weinbauernstück „Flucht in die Heimat" von Rudolf Henz, einstudiert wurde, regte der Autor während einer Probe an, die Knechte, die im ersten Akt an einem regnerischen Tag aus dem Weingarten kommen, müßten lehmige Stiefel tragen. Röbbeling widersprach heftig: „Nicht daran zu denken! Auf die Bühne des Burgtheaters kommt mir nur ein properer Schuh!"

Die „Habsburgerlegende" von Friedrich Schreyvogl schilderte das Schicksal des Erzherzogs Johann Salvator, der sich später Johann Orth nannte, und seiner Geliebten, der Tänzerin Milli Stubel. Den Erzherzog spielte Raoul *Aslan*, obwohl er sich ursprünglich mit folgender Begründung geweigert hatte, die Rolle zu übernehmen: „Erstens: Ich bin vollkommen unmilitärisch, war sogar vom Weltkrieg suspendiert und kann keine Uniform tragen. Zweitens: Ich kann keine Geliebte haben, die Milli heißt!"

Indem Aslan trotz anfänglicher Weigerung den Johann Orth darstellte, bestätigte er seinen berühmt gewordenen Ausspruch: „Entweder ein Schauspieler spielt eine Rolle - oder er spielt sie doch!“

Die Wiener Kleinkunst erreichte einen einsamen Höhepunkt, als der Bund junger Autoren Österreichs im Jahre 1933 im Café Dobner die „Literatur am Naschmarkt“ gründete. Hans *Weigel* und Rudolf *Weys* schrieben zum Auftakt ein „Lied der Kleinkunst“, in dem es hieß:

„Ich schimpf, die Theater sind alle nix wert,
Ich schimpf auf den seligen Völkerbund;
Doch wenn man den auflöst und jene sperrt,
Dann ging auch die ganze Kleinkunst zugrund.

Und gäb's keinen Gaskrieg, wär's grad so ein Gfrett,
Weil ich für die Songs keinen Stoff mehr hätt'.
Drum bet ich, vor allem in Hinblick auf Wien:
Gott erhalte die Dinge - gegen die ich bin!“

Im Programm „1913“ trat Oskar *Wegrostek* als Leo *Slezak* auf. Eines Tages erschien Slezak in der Vorstellung, belachte und beklatschte sich selbst und kam in der Pause zu Wegrostek in die Garderobe. „Du bist ausgezeichnet“, sagte Slezak, „aber sag mir, warum böhmakelst du so viel herum, teurer Mime? Ich böhmakle doch nie im Leben, satrazene!“

Auch Egon Friedell hielt sich gerne in den Garderoben der „Literatur am Naschmarkt“ auf und wurde deshalb eines Tages von Fräulein *Ledermann*, der ältlichen Sekretärin des Hauses, mit den Worten zur Rede gestellt: „Lieber Herr Doktor, das geht nicht, Sie können doch nicht während der Vorstellung hinter die Bühne kommen und die Schauspielerinnen von der Arbeit ablenken, die müssen sich doch konzentrieren!" Friedell antwortete: „Meine liebe Dame, ich habe schon bei Max Reinhardt zu einer Zeit Damen hinter der Bühne abgelenkt, da waren Sie noch gar ..." An dieser Stelle hielt Friedell ein, setzte die Brille auf und fuhr fort: „... das heißt: Sie waren schon auf der Welt!"

In der Kurzoper „Der diplomatische Pudding" hatte Paul *Lindenberg*, der 1938 emigrieren mußte und sich als Arzt in New York niederließ, zu singen: „Das ist weder etwas für Krethi und Plethi noch für den Plebs und den Mob!" Aufgeregt wie er war, begann Lindenberg zu singen: „Das ist weder etwas für den Pleps und den Mops ...", zögerte eine Sekunde und fuhr fort: „... noch für den Krebs und den Pops!"

Die jungen Autoren der „Literatur am Naschmarkt" machten sich gerne über ihre etablierten Kollegen vom Kabarett lustig. In der Programmnummer „Prinzessin Publikum" wurden Armin Berg, Hermann Leopoldi und auch Karl Farkas parodiert, der damals gerade in den Kammerspielen mit seiner „Wunderbar" große Erfolge feierte. Ein Schauspieler, der als Farkas auftrat, reimte im besten Stil des Meisters:
„Früher fragt man sich in den Kammerspielen
Jeden Abend ängstlich: Kammer spielen?
Ohne daß er dabei irgendwas sah,
Schaute der Direktor in die Kassa ..."

Abschließend hieß es in dem Sketch in perfekter Nachahmung des Farkas-Stils:
„Kein anderer kriegt so eine Stargage
Wie der Karl Farkas."

Aus der „Literatur am Naschmarkt" sind viele berühmte Künstler hervorgegangen. Hilde Krahl, knapp sechzehn Jahre alt und damals noch „Hilla" genannt, trat mit einer Kopie Paula Wesselys in einer Parodie des Films „Episode" auf. Beim Vorsprechen hatte sie so beeindruckt, daß Rudolf *Weys*, einer der Chefs der kleinen Bühne, begeistert sagte: „Die ist großartig!" Worauf ihn sein Kollege Walter *Engel* entsetzt zurechtwies: „Sei still! Wenn sie dich hört, können wir sie nicht mehr bezahlen!"

Gleich neben der „Literatur am Naschmarkt" im Café Dobner lag das Theater an der Wien, in dem allabendlich eine rothaarige Schwedin namens Zarah Leander in dem musikalischen Lustspiel „Axel an der Himmelstür" Triumphe feierte. Die junge Heidemarie Hatheyer, die in dem Stück die stumme Negersklavin Zarah Leanders spielte, kam jeden Abend nach der Vorstellung in die „Literatur am Naschmarkt". Dort parodierte sie die Leander mit ihrem Lied „Gebundene Hände" und war so erfolgreich, daß sie bald von Falkenberg nach München und anschließend von Luis Trenker zum Film geholt wurde. Sie spielte die Hauptrolle in dem Heimatfilm „Die Geierwally" und erhielt daraufhin von Peter *Hammerschlag*, einem Hausdichter der „Literatur am Naschmarkt", einen einschlägigen Spitznamen: „Der Triglav-Vamp."

Weniger begabt als die Hatheyer war jener Pianist, dem Hans *Weigel*, ein anderer Dichter des Hauses, in das Stammbuch schrieb: „Gebundene Hände ... dies wünscht Ihnen Hans Weigel."

Die tiefe Stimme der Zarah Leander war so außergewöhnlich, daß bei der Premiere von „Axel an der Himmelstür" eine Besucherin sagte: „Die wäre ein herrlicher

Orpheus!" – „Was heißt Orpheus?" erwiderte ihr Begleiter. „Sarastro!"

Sensationell wie die Stimme war auch das Dekolleté der Leander. Karl Farkas kommentierte: „A hungriger Säugling möcht wahnsinnig werden." Fritz Grünbaum meinte: „Davon kann s' zwa Sachen kriegen: Entweder an Mann oder an Schnupfen." Das Ensemble insgesamt meinte: „Das Stück verdankt dem Dekolleté seinen Namen: Man sieht von der Achsel bis zur Himmelstür!"

Im November 1937 tagte in Wien die „Internationale Wanderfürsorgekonferenz". Vor Vertretern der Judengemeinden der europäischen Staaten schilderte der Präsident der Wiener Kultusgemeinde, Desider *Friedmann*, die Lage seiner Glaubensgenossen mit den Worten: „Europa besteht heute aus Ländern zweier Kategorien: aus solchen, die ihre Juden loswerden, und aus solchen, die sie nicht hineinlassen wollen."

Angesichts dieser Situation hielten die jungen Juden Österreichs nicht mehr viel von den Assimilationsbestrebungen der älteren Generation. Auch der spätere Bürgermeister von Jerusalem, *Teddy Kollek*, schloß sich früh einer zionistischen Jugendorganisation an und bereitete sich auf die Auswanderung nach Israel vor. Es gab damals in Wien ein großes Warenhaus, dessen Leitung bekanntgab, daß es nicht an Juden verkaufe. Kollek ging daraufhin in das Geschäft, wählte Anzüge, Hemden, Hüte und andere Kleidungsstücke aus und ließ sich alles verpacken. Als man ihm aber die Rechnung reichte, sagte er: „Ach, es tut mir leid, ich habe ganz vergessen, daß Sie an Juden nichts verkaufen."

Kollek, ein gutaussehender, blonder junger Mann, lernte bei der zionistischen Jugendbewegung auch seine zukünftige Frau Tamara, die Tochter eines angesehenen Rabbiners, kennen. Er begleitete sie nach gemeinsam besuchten Veranstaltungen immer nach Hause und führte dann mit ihr unter der Straßenlaterne vor dem Haustor noch lange Gespräche, bis eines Tages Nachbarn zu Tamaras Mutter sagten: „Es schickt sich aber wirklich nicht, daß die Tochter von einem Rabbiner mit einem so goisch aussehenden jungen Mann stundenlang unter der Laterne steht." Worauf die Mutter die überzeugende Antwort gab: „Also, wissen Sie, solange sie unter der Laterne stehen, mach' ich mir keine Sorgen!"

Wer an Auswanderung dachte, tat gut daran, denn das Ende Österreichs war nahe. Italien war endgültig in das Lager Deutschlands übergegangen, in Frankreich folgte Regierungskrise auf Regierungskrise, und England setzte auf „appeasement". In Wien, wo man den Ministerpräsidenten Neville Chamberlain scherzhaft „Monsieur J'aime Berlin" nannte, hieß es, der englische Gesandte in Berlin, *Henderson,* habe Hitler am Beginn des Jahres 1938 versichert: „Exzellenz, Österreich liegt nicht auf dem Weg nach Indien."

In dieser aussichtslosen Situation fuhr Kurt von Schuschnigg am Abend des 11. Februar 1938 nach Berchtesgaden, um Hitler zu treffen. Als er mit seinem Außenminister Guido Schmidt am Wiener Westbahnhof den Zug bestieg, meinte er: „Eigentlich wär' es gescheiter, wenn statt mir der Wagner-Jauregg fahren würde."

Auf den Tag genau einen Monat später, am 11. März 1938, ging Österreich unter. Schuschnigg trat angesichts deutscher Einmarschdrohungen zurück, und nach ungezählten Telefonaten mit Berlin, setzte sich um Mitternacht Arthur *Seyß-Inquart* an die Spitze der Regierung. Als ihn die Minister seines kurzlebigen Kabinetts, die nach drei Tagen wieder nach Hause geschickt wurden, mit der Frage bestürmten, wie es nun weitergehen werde, sagte er achselzuckend: „Ich kann euch keine Antwort geben. Ich bin nur ein historisches Telefonfräulein ..."

Der Protest der Welt hielt sich in Grenzen. Die gleichen Alliierten, die im Jahre 1918 den Anschluß des republikanischen Österreichs an das damals demokratische Deutschland verboten hatten, nahmen nun die Okkupation des Landes durch das Dritte Reich ohne wesentliche Einwände zur Kenntnis. Was man im Westen dachte, brachte Lord *Lothian* in London auf die simple Formel: „Eigentlich sind die Deutschen nur in ihren eigenen Hintergarten gegangen ..."

KAPITEL V

Österreich wird bestehen

oder

DIE FÜHRERSCHULE DES VIERTEN REICHES

1938 – 1945

Am 15. März 1938 zog Adolf Hitler in Wien ein. Leo *Slezak* sah sich gemeinsam mit Josef *Greiner*, einem Jugendfreund Hitlers, das Schauspiel vom Balkon seiner Wohnung im Heinrichshof gegenüber der Oper an. „Nun, was sagst du, Leo?" fragte Greiner mit einer Handbewegung auf die jubelnden Massen. „Mein lieber Freund", erwiderte Slezak, „merk dir eines: Gegen den Weihrauch und gegen den Knoblauch soll man nicht anstinken..."

Kardinal Innitzer suchte Hitler im Hotel Imperial auf, und bald darauf veröffentlichten die österreichischen Bischöfe eine Erklärung zur bevorstehenden Volksabstimmung, in der sie der Erwartung Ausdruck gaben, daß die gläubigen Christen „wissen, was sie ihrem Volk schuldig sind". Für viele Katholiken waren diese Bischofsworte ein arger Schock. So sagte in Bad Ischl der ehemalige oberösterreichische Landesrat *Loidl* zu seinem Freund, dem Kaplan Dr. Klostermann: „Das hättet ihr uns früher sagen sollen, daß ihr euch auf diesen Gauner schon tausend Jahre gefreut habt, dann hätten wir nicht unsere Familien und uns selbst gefährdet!"

Die Sozialdemokraten wiederum mußten sich damit abfinden, daß der ehemalige Staatskanzler Dr. Renner in einem Zeitungsinterview erklärt hatte, er werde mit Ja stimmen. Auch Karl Seitz war aufgefordert worden, eine ähnliche Erklärung abzugeben, doch er hatte den neuen Machthabern erklärt: „Davon haben Sie gar nichts. Die Leut werden nur sagen: Jessas, jetzt ist der Seitz a scho nimmer gscheit im Kopf..."

Die ersten Entlassungen wurden verfügt. Die Amtsenthebung des Burgtheaterdirektors Hermann Röbbeling brachte seine Frau auf eine einfache Formel: „Um zehn Uhr hat er noch aus dem Büro angerufen und um Viertel elf schon aus einem Telefonautomaten."

Hand in Hand mit den Entlassungen gingen die Verhaftungen. Fritz Grünbaum, der später im KZ umkam, wurde in das Strafgefangenenhaus auf der Elisabethpromenade, kurz „Liesel" genannt, eingeliefert, wo er sich bald zusammen mit den übrigen Gefangenen über die unzureichende Verpflegung beschwerte. Als man ihm sagte, daß Lebensmittel eben knapp seien, gab er die berühmte Antwort: „Wenn man nicht genug zu essen hat, soll man sich keine Gefangenen halten."

Baron Louis *Rothschild* mußte im Keller des Gestapogebäudes zusammen mit einigen Kommunisten Sandsäcke schleppen. Nach seiner Freilassung erklärte er: „Wir kamen recht gut miteinander aus. Wir waren uns einig, daß wir im klassenlosesten Keller der Welt waren."

Beim Verhör durch die Gestapo wurde Rothschild gefragt: „Was ist Ihr Palais in der Prinz-Eugen-Straße wert?" Der Baron antwortete mit einer Gegenfrage: „Was ist der Stefansturm wert?"

Sektionschef Robert *Hecht,* der später ebenfalls im KZ starb, war zusammen mit Hofrat Berger von der Wiener Polizei und einem Kommunisten in einer Zelle untergebracht, in der es nur eine Pritsche gab. Der Kommunist bot Hecht, der erkrankt war, die Pritsche an, indem er sagte: „Ös zwa, habts dafür gsorgt, daß i so oft eingsperrt war, daß i des Liegen auf der Erd' gwöhnt bin..."

Der Landeshauptmann von Oberösterreich, Heinrich *Gleissner,* kam ins KZ, aus dem er aber im Juni 1939 nach hartnäckigen Interventionen seiner Frau entlassen wurde. Gleissners Kommentar: „Meine Politik hat mich ins KZ gebracht. Die meiner Frau hat mich wieder herausgebracht."

Auch Gleissners Stellvertreter Felix *Kern,* der ehemalige Schulreferent der Landesregierung, war im KZ. Der „Österreichische Beobachter" verspottete Kern im August 1938 mit einer Karikatur, die ihn hinter einem mit Steinen beladenen Schubkarren zeigte. Darunter standen die höhnischen Verse:
„Kennt ihr den lieben Herrn?
War einmal ein harter ‚Kern'.
Nach allen Regeln seiner Kunst
Hat er die Lehrerschaft gehunzt.
Das Lager Dachau garantiert,
Daß dieser Kern bald kernweich wird."

Jura Soyfer schrieb, bevor er im KZ umkam, das Dachaulied, das mit den Worten begann:
„Stacheldraht, mit Tod geladen,
Ist um unsere Welt gespannt.
Drauf ein Himmel ohne Gnaden
Sendet Frost und Sonnenbrand.
Fern von uns sind alle Freuden,
Fern die Heimat und die Fraun,
Wenn wir stumm zur Arbeit schreiten,
Tausende im Morgengraun."

Wer konnte, emigrierte. Bruno Kreisky ging nach Schweden, nicht ohne vorher, und zwar am 14. März 1938, seine letzte Prüfung zur Erlangung des juristischen Doktorates abgelegt zu haben. Prüfer war der Ordi-

15 Eines der ersten Opfer des Anschlusses: Egon Friedell, der im März 1938 Selbstmord beging

16 Das Ausland und Österreich: „Man schaut zu, wie einer nach dem anderen untergeht“

narius für Staatsrechte, Ernst *Schönbauer*, ein alter Deutschnationaler. Seine erste Frage lautete: „Herr Kandidat, wie begründen Sie staatsrechtlich den Anschluß Österreichs an Deutschland?" – „Herr Professor", antwortete Kreisky, „ich bitte vielmals zu entschuldigen, aber ich bin ja, wie Sie aus den Unterlagen erkennen, aus politischen Gründen im Gefängnis gewesen, eben weil ich mich schon mit der Rechtsgrundlage des früheren Regimes nicht abfinden konnte. Ich bitte um eine andere Frage." Darauf Schönbauer: „Wären Sie nicht von dieser Abstammung, hätte man das vielleicht als mutig bezeichnen können, so aber kann ich das nur als Chuzpe bezeichnen."

Im schwedischen Exil schrieb Bruno Kreisky später in einem Zeitungsartikel rückblickend über die Appeasementpolitik der westlichen Alliierten: „Die München-Politik war nicht nur falsch damals im Herbst 1938, sie war auch falsch vorher und nachher und falsch überall dort, wo sie praktiziert wurde. Man pflegt eben mit Tigern nicht zu diskutieren, man erschießt sie. Nachher können dann die allgemeinen Schaustellungen der ausgestopften Tiere stattfinden."

Robert *Musil* ging in die Schweiz, über die er das Urteil fällte: „Man ist solide im Urteil und hält den Toten die Treue, ob sie nun Keller, Meyer, Rilke oder Hofmannsthal heißen; auch ich fühle mich einigermaßen sicher, daß man einst meinen Schweizer Aufenthalt wohlgefällig buchen wird, aber erst auf seinen Tod warten zu müssen, um leben zu dürfen, ist doch ein rechtes ontologisches Kunststück!"

Sigmund Freud ging nach London. Als im Herbst 1939 der Krieg ausbrach, fragte ihn sein Hausarzt Max *Schur:*

„Können Sie glauben, daß dies nun der letzte Krieg sein wird?“ Freud, der bereits todkrank war, antwortete: „Mein letzter Krieg!“

Carl *Rössler*, der zusammen mit Roda Roda den „Feldherrnhügel“ geschrieben hatte, emigrierte ebenfalls nach London. Vor der Abreise beklagte er sich bei Ulrich Becher: „Das, was ich hier habe, werde ich in London nicht haben: Das einzige sturmfreie Altersheim in ganz Wien!“

Joseph *Roth* saß in Paris, arbeitete an dem Legitimistenblatt „Die österreichische Post“ mit und schrieb dazu an Friedrich Torberg: „Die Aussicht, als Kaiserlicher Rat im Krematorium zu landen, hat etwas Berauschendes.“

Auch Karl Farkas ging zunächst nach Paris, wo er im „L'Impératrice“ die deutschsprachigen Emigranten als Conférencier erfreute. So sagte er: „Die französische Sprache, meine Lieben, ist schlicht das Ideal für jeden Conférencier. Ich brauche Ihnen nur zwei Worte anzukündigen: ‚Maurice Chevalier‘. Was glauben Sie, meine Damen und Herren, was das für ein Unterschied zur deutschen Sprache ist: In Wien käme ich und müßte sagen: ‚Und nun: Moritz Ritter!‘“

Von Paris ging Farkas nach New York, wo er ebenfalls die Vorzüge der dortigen Sprache pries. Er schrieb ein Gedicht „Poetendank an USA“, in dem es hieß:
„Zum Beispiel uns're Donau, die
Beliebt war augenscheinlich,
Floß trotzdem durch den Plan von Wien
Vollkommen ungereimt dahin,
Was mir seit jeher peinlich...
Da plötzlich schwebte durch den Raum,
Der reinste Reim auf Donau...
I think, you have to go now.“

Auch Anton Kuh war in New York gelandet. Als man ihn vor der Abreise in Wien gefragt hatte, wohin er auswandern werde, hatte er lakonisch geantwortet: „Schnorrer werden überall gebraucht . . .“

An der Westküste in Kalifornien hielt sich Gisela *Werbezirk* auf, die Hollywood ein Purkersdorf mit Palmen nannte und auf die Frage, ob sie „happy“ sei, antwortete: „Happy bin ich schon, aber glücklich bin ich nicht.“

Alfred Polgar, der Kalifornien als ein Paradies mit der Aufschrift „Lasciate ogni speranza“ bezeichnete, faßte das Emigrantenschicksal in den Worten zusammen: „Die Fremde ist nicht Heimat geworden. Aber die Heimat Fremde.“

Franz Mittler brachte es zustande, sogar das Emigrantenschicksal in Schüttelreimen zu schildern. Unter dem Titel „Der Emigrant“ schrieb er:
„Nach Tel Aviv ich walle kühn,
Was nur ein starker Wille kann.
Verlaß’ mit meiner Kalle Wien –
Schon schreit die ganze Kille: ‚Wann?!‘“

Überall in der Emigration entstanden Kleinkunstbühnen. In London wurde am 27. Juni 1939 das „Laterndl“ eröffnet. Im Zuschauerraum saß neben vielen anderen Emigranten Stefan Zweig, als der Vorhang aufging und das Eröffnungslied erklang:
„Hört ihr Leut’ und laßt euch sagen:
In trüber Nacht, in bangen Tagen
entzünden wir ein kleines Licht,
das vom fernen Morgen spricht.
Das wär die Latern!“

In New York gründete Oscar Teller das Kabarett „Die Arche", für das Jimmy *Berg* unter dem Titel „Man stellt sich um" einen Song schrieb, in dem es hieß:
„Nach Coney Island fahren wir statt in den Prater,
Statt im Kaffeehaus spielt man Bridge
im Furnished Room,
Und her zu uns kommt Ihr anstatt ins Burgtheater –
Man stellt sich um, man stellt sich um."

Selbst im fernen Australien gab es eine österreichische Kleinkunstbühne, gegründet von Angehörigen des ehemaligen sozialdemokratischen Politkabaretts in Wien. Sie spielten in einer Sprache, die aus deutschen, englischen und jüdischen Ausdrücken bestand, von allen verstanden wurde und einen drastischen Namen hatte: „Emigranto".

In Wien versuchte das „Wiener Werkel", so gut es unter den veränderten Umständen ging, die Tradition der Kleinkunst zu wahren. Was er wirklich dachte, konnte Fritz *Feldner*, einer der Hausdichter des Werkels, nur in Flüsterepigrammen hinter der Bühne artikulieren:
„Man ist besorgt, und das mit Grund.
Wie wird man überwintern?
Es fehlt bereits der letzte Schund,
Nimmt man ein Blatt sich vor den Mund,
Dann fehlt es für den Hintern."

Aber auch die alten Kämpfer waren enttäuscht. Zuerst mußten die Anhänger des illegalen Gauleiters Leopold, genannt die Leopoldianer, den Mannen des neuen Reichsstatthalters Seyß-Inquart weichen, und dann mußte Seyß-Inquart seinerseits mit seinen Leuten dem aus dem Saarland kommenden Gauleiter Bürckel Platz machen, der wegen seines Alkoholkonsums auch „Bier-

leiter Gauckel" genannt wurde. Enttäuscht gaben die alten Kämpfer ihrem Groll in dem Verslein Ausdruck:
„Sei's in Quarten, sei's in Quinten,
Wir sind beschissen vorn und hinten."

Im Gefolge Bückels kamen so viele Postenjäger nach Österreich, daß die Wiener schließlich spotteten: „Früher hieß es ‚Heim ins Reich.' Jetzt heißt es: ‚Reich ins Heim!'"

Die Wiener rächten sich, indem sie die Invasoren aus dem „Altreich" schlecht behandelten. So erzählt Eugen *Roth* in einem seiner Bücher unter dem Titel „Ein Hilferuf" folgende Geschichte: „Die Wiener waren, nach 1938, beileibe nicht alle mit dem Anschluß einverstanden. Sie rächten sich mit Nadelstichen an den ‚Preußen' aus dem Altreich, die ihre Stadt überfluteten, z.B. dadurch, daß sie Ortsunkundige in die Irre schickten. Eine unserer Bekannten brach völlig übermüdet endlich in den Verzweiflungsschrei aus: Bittschön, i bin katholisch und aus Bayern, sagen S' mir doch, wo die Herrengasse ist!"

Am 10. April 1938 wurde über die „Wiedervereinigung der Ostmark mit dem Deutschen Reich" abgestimmt. Der Stimmzettel sah einen großen Kreis für das Ja und einen kleinen Kreis für das Nein vor. Die Interpretation vieler Österreicher lautete: Das große Ja ist für die Kurzsichtigen und das kleine Nein für die Weitsichtigen.

Die Zeit der „Arisierungen" begann. Vor dem Loos-Haus auf dem Michaelerplatz, das noch die Inschrift „Goldman & Salatsch" trug, obwohl die Besitzer längst emigriert waren, stand ein SA-Mann in brauner Uniform mit goldenen Aufschlägen Wache. Die Wiener gingen vorüber und sagten: „Den Goldman seh ich wohl, allein mir fehlt der Salatsch."

Vor dem Deutschen Volkstheater prangte ein großes Transparent mit der Aufschrift: „Ein Volk! Ein Reich! Ein Führer!" Eines Tages schrieb ein Witzbold darunter: „Ein Theater!"

Die allgemeine Stimmung brachte ein alter Wiener zum Ausdruck, der raunzte: „I hab allaweil glaubt, der Nationalsozialismus is a Idee, aber der is ja a Strapaz . . .!"

Bald mußten sich die Behörden mit der Renitenz der Bevölkerung befassen. So meldete die SD-Außenstelle im burgenländischen Oberpullendorf am 26. Februar 1939 an den SD-Unterabschnitt Wien: „Entlang der Grenze bei Klostermarienberg-Bleigraben mitten auf den Feldern wurden am 9. 2. 1939 Flugzettel nachstehenden Inhalts gefunden:
‚Gib uns nicht lauter Kraut und Hering,
sondern was Du frißt und der Göring!
Beim Schuschnigg da hatten wir Heller,
Und da einen leeren Teller!'"

In der Meldung der SD-Leute aus Oberpullendorf hieß es ferner, daß die dortigen Arbeiter folgenden Witz erzählen: „Eine Kuh wird zum Markt geführt. Für sie muß der Ariernachweis erbracht werden, was in folgender Weise geschieht: Die Farbe hat sie vom Hitler, die Wampen vom Göring, die Goschen vom Goebbels, und melken läßt sie sich wie der österreichische Arbeiter."

Raunzen und scherzen war dazumal recht gefährlich, denn die Denunzianten gingen um. So wurde der Burgschauspieler Raoul Aslan angezeigt, weil er nicht mit dem Deutschen Gruß gegrüßt hatte. Er erschien in Begleitung eines Kollegen bei der Gestapo, betrat das Verhörzimmer und erschien schon nach kurzer Zeit wieder.

„Was war los?" fragte der Kollege. – „Ich habe dem Beamten gesagt, auf die Frage warum ich nicht mit Heil Hitler gegrüßt habe, kann ich nur mit den Worten des Papstes Innozenz vom Dritten Konzil in Nicäa antworten!" – „Und was hat der Papst damals gesagt?" fragte der Kollege weiter. „Ich weiß es nicht", antwortete Aslan, „aber dem Beamten hat es genügt."

Recht freizügig ging es auch im Theater in der Josefstadt zu. Joseph *Goebbels* kam nach Wien, besuchte eine Vorstellung, unterhielt sich nachher mit den Schauspielern und sagte beim Verlassen des Hauses: „Das ist kein Theater. Das ist ein KZ auf Urlaub!"

Obwohl es im Theater in der Josefstadt unter Heinz Hilpert, der 1938 Direktor geworden war, ganz und gar nicht preußisch zuging, stöhnte Alfred *Neugebauer*, einer der charmantesten Darsteller des Hauses, eines Tages: „Ich war früher der beste Küß-die-Hand-Sager in ganz Wien. Aber jetzt beim Hilpert sag ich nur mehr: Willkommen!"

Nach der Abschaffung des Adels im Jahre 1918 hatten sich die Wiener gleichsam als Ersatz einen imaginären Aristokraten erschaffen: den Grafen Bobby. Diese skurile Figur war nun, im Krieg, hervorragend geeignet, die unfaßbaren Verrücktheiten der Zeit in faßbare Pointen zu bringen. So erzählte man damals in Wien den folgenden Witz: Graf Bobby erklärt bei der Musterung, er möchte im Führerhauptquartier dienen. „Sind Sie verrückt?" fragt der Vorsitzende der Musterungskommission. Darauf Bobby: „Ja, ist das Bedingung?"

Die Bobby-Witze drangen bis ins „Altreich". Ulrich von Hassel, der wenige Tage darauf als Mitverschwörer

Stauffenbergs verhaftet und hingerichtet wurde, notierte am 10. Juli 1944 in seinem Tagebuch den „Führerhauptquartierwitz" und dann noch folgende Geschichte vom Grafen Bobby: Er betrachtet den Globus und läßt sich das große „grüne" Gebiet – Rußland – und die roten Felder des britischen Empire, das Blaßlila der USA und das Gelbe Chinas erklären, alles riesige Flecken, „und das kleine Blaue?" – „Das ist Deutschland!" – „Ja, weiß denn der Führer, wie klein das ist?"

Die Gegner von einst, Christlichsoziale und Sozialdemokraten, Heimwehrler und Schutzbündler, trafen einander in den Konzentrationslagern wieder. Sie alle hatten eines gemeinsam: Sie waren dazu ausersehen, in einem wiedererstandenen Österreich führende Positionen einzunehmen, und sie waren fest entschlossen, in Zukunft zusammenzuarbeiten und nie wieder die Waffen gegeneinander zu erheben. In diesem Sinne hieß es damals: „Die Konzentrationslager des Dritten Reiches sind die Führerschulen des Vierten Reiches."

Krieg und Zwang führten auch verfeindete Nachbarn zusammen. Robert Habsburg-Lothringen, einer der Söhne Kaiser Karls, traf in London Jan *Masaryk*, den Sohn des Gründers der tschechoslowakischen Republik. Masaryk brachte den jungen Erzherzog, weil es in Strömen regnete, in seinem Auto nach Hause und wehrte jeden Dank mit den Worten ab: „Das ist bei uns Familientradition. Mein Großvater war Kutscher beim Erzherzog Franz Ferdinand!"

Das Jahr 1943 stand im Zeichen der Wende des Krieges. Vor El Alameïn und bei Stalingrad waren die deutschen Armeen geschlagen worden, und in Moskau versprachen die Außenminister der Alliierten in einer feierlichen Deklaration die Wiederherstellung eines unabhängigen Österreichs. Trotzdem gehörte damals noch viel Optimismus dazu, an ein Wiedererstehen der Republik zu glauben. Einer, der diesen Optimismus hatte, war der KZ-Häftling Leopold *Figl*, künftiger Bundeskanzler des neuen Österreichs. Er kam eines Tages von der Außenarbeit ins Lager zurück und teilte mit, er habe gehört, daß die sowjetischen Streitkräfte Kiew eingenommen hätten. Seine Kameraden legten ihm dar, daß der sowjetische Vormarsch zwar unaufhaltsam, Kiew aber noch nicht eingenommen sei. Figl hörte sich alle diese Einwände an und sagte schließlich: „Ja, i waß eh, daß s' noch net in Kiew san! Aber irgendwas braucht der Mensch doch, an das er si halten kann ..."

Auch Adolf *Schärf*, der nach 1945 zuerst Vizekanzler und dann Bundespräsident wurde, war einer der Männer, die an das Wiedererstehen Österreichs glaubten. Im Frühjahr 1943 erhielt er den Besuch eines Parteifreundes aus dem „Altreich". Wilhelm Leuschner, ehemals sozialdemokratischer Innenminister von Hessen und einer der Verschwörer vom 20. Juli 1944, erschien bei Schärf, sprach über das Ende des Hitlerregimes und meinte, daß man für einen Friedensvertrag eintreten werde, der den Anschluß Österreichs an Deutschland beibehalte. Daraufhin unterbrach Schärf seinen Besucher mit den Worten: „Der Anschluß ist tot. Die Liebe zum Deutschen Reich ist den Österreichern ausgetrieben worden!"

Leopold Figl wurde vorübergehend aus dem KZ entlassen und von seinem alten Freund Julius Raab in dessen Baufirma untergebracht. Die beiden Männer saßen oft nächtelang beisammen und sprachen von der Zukunft. Nach einer dieser Unterredungen, am 29. Jänner 1944, schrieb Julius Raab, zweiter Bundeskanzler der zweiten Republik, in das Gästebuch Leopold Figls, des ersten Bundeskanzlers dieser künftigen Republik, ein selbstverfaßtes Gedicht. Die Verse waren holprig, aber ihr Sinn unmißverständlich:

„Bald wird wieder das Frühjahr sein.
Dann gehört die Heimat wieder mein.
Dann bauen wir sie auf zu neuem Leben.
Mag es auch viel Arbeit und Mühe geben.
Sie alle konnten uns nicht brechen und beugen,
Die Welt wird es einmal müssen bezeugen.
Österreich ist, wird sein, wird bestehen.
Und aller Dreck wird untergehen.
Raab, Julius. Der Chef."

Auch Karl Renner, ehemaliger Staatskanzler der ersten und künftiger Staatskanzler der zweiten Republik, dichtete gerne. Als am 27. April 1945 die Wiedererstehung eines unabhängigen österreichischen Staates verkündet wurde, ging in Erfüllung, was Karl Renner fünf Jahre zuvor, aus Anlaß seines Geburtstages, seinem Freund Paul Speiser geschrieben hatte:

„Trotz all der Zwingherrn aller Lande,
Der freie Geist bricht sich einst die Bande
Und auferstehen wird aus dem Bann
Im freien Volk der freie Mann!"

Chronik

VON REPUBLIK ZU REPUBLIK

1918 21. Oktober: Konstituierende Sitzung der „Provisorischen Nationalversammlung für Deutschösterreich".

30. Oktober: Erste deutschösterreichische Regierung unter Karl Renner.

11. November: Kaiser Karl verzichtet „auf jeden Anteil an den Regierungsgeschäften".

12. November: Ausrufung der Republik Deutschösterreich.

15. November: Otto Bauer wird als Nachfolger Viktor Adlers, der am 11. November gestorben ist, Staatssekretär für Äußeres.

1919 16. Februar: Wahlen zur Verfassunggebenden Nationalversammlung.

3. März: Rücktritt der 1. Regierung Renner.

4. März: Erste Sitzung der Verfassunggebenden Nationalversammlung.

14. März: Karl Seitz wird als erster Präsident der Nationalversammlung Staatsoberhaupt.

15. März: 2. Regierung Renner; Koalition von Sozialdemokraten und Christlichsozialen.

23. März: Kaiser Karl begibt sich ins Schweizer Exil.

3. April: Landesverweisung und Enteignung der Habsburger; Abschaffung des Adels.

10. September: Unterzeichnung des Staatsvertrages von St. Germain.

17. Oktober: 3. Regierung Renner; Erneuerung der Koalition.

1920 11. Juni: 3. Regierung Renner tritt zurück.
7. Juli: Regierung des Christlichsozialen Michael Mayr mit Proporz aller Parteien.
22. August: Erste „Jedermann"-Aufführung bei den Salzburger Festspielen.
1. Oktober: Nationalversammlung beschließt die von Hans Kelsen ausgearbeitete Verfassung.
17. Oktober: Christlichsoziale werden bei den Nationalratswahlen die stärkste Partei.
22. Oktober: Die Sozialdemokraten verlassen die Regierung.
20. November: 2. Regierung Mayr; Christlichsoziale und Beamte.
9. Dezember: Michael Hainisch zum Bundespräsidenten gewählt.

1921 1. Juni: 2. Regierung Mayr tritt zurück.
21. Juni: 1. Regierung Johannes Schober, Christlichsoziale, Großdeutsche und Beamte.
11. September: 1. Wiener Messe eröffnet.

1922 1. Jänner: Wien wird selbstständiges Bundesland.
26. Jänner: 1. Regierung Schober tritt zurück.
27. Jänner: 2. Regierung Schober; Beamte und ein Christlichsozialer.
24. Mai: 2. Regierung Schober tritt zurück.
31. Mai: 1. Regierung Ignaz Seipel; Christlichsoziale, Großdeutsche und Beamte.
24. August: „Don Giovanni" als erste Opernaufführung bei den Salzburger Festspielen.
27. September: Völkerbund genehmigt Sanierungsplan für Österreich.

1923 16. April: 1. Regierung Seipel tritt zurück.
17. April: 2. Regierung Seipel mit Einsparung von vier Ministern.
21. Oktober: Nationalratswahlen; Christlichsoziale bleiben stärkste Partei.

20. November: Rücktritt der 2. Regierung Seipel; unveränderte Angelobung als 3. Regierung Seipel.

1924 1. Juni: Bundeskanzler Seipel wird bei Pistolenattentat verletzt.

30. September: Gründung der Radio Verkehrs AG, RAVAG.

8. November: 3. Regierung Seipel tritt zurück.

20. November: 1. Regierung Rudolf Ramek; Christlichsoziale und Großdeutsche.

1925 1. Jänner: Schilling löst die Kronenwährung ab.

1926 14. Jänner: 1. Regierung Ramek tritt zurück.

15. Jänner: 2. Regierung Ramek; Christlichsoziale und Großdeutsche.

3. Oktober: Erste Paneuropakonferenz unter dem Vorsitz von Richard Coudenhove-Kalergi in Wien.

15. Oktober: 2. Regierung Ramek tritt zurück.

20. Oktober: 4. Regierung Seipel; Christlichsoziale und Großdeutsche.

3. November: Sozialdemokratischer Parteitag beschließt „Linzer Programm".

1927 30. Jänner: Zwei Tote bei Zusammenstoß zwischen Schutzbündlern und Frontkämpfern im burgenländischen Ort Schattendorf.

24. April: Nationalratswahlen mit „Einheitsliste" von Christlichsozialen und Großdeutschen.

19. Mai: 5. Regierung Seipel; Christlichsoziale, Großdeutsche und Landbund.

14. Juli: Freisprüche im sogenannten Schattendorfer Prozeß.

15. Juli: Protestdemonstrationen gegen das Urteil; Brand des Justizpalastes; 89 Tote.

1928 5. Dezember: Wilhelm Miklas zum Bundespräsidenten wiedergewählt.

1929 3. April: 5. Regierung Seipel tritt zurück.
4. Mai: Regierung Ernst Streeruwitz; Christlichsoziale, Großdeutsche und Landbund.
25. September: Regierung Streeruwitz tritt zurück.
26. September: 3. Regierung Schober; Christlichsoziale, Großdeutsche, Landbund und Beamte.
7. Dezember: Novellierung der Bundesverfassung stärkt Stellung des Bundespräsidenten.

1930 25. September: 3. Regierung Schober tritt zurück.
30. September: Carl Vaugoin bildet Minderheitskabinett von Christlichsozialen und Heimwehr.
9. November: Nationalratswahlen; Sozialdemokraten werden stärkste Partei.
29. November: Regierung Vaugoin tritt zurück.
4. Dezember: Regierung Otto Ender; Christlichsoziale, Großdeutsche, Landbund und Beamte.

1931 28. Mai: Regierung übernimmt Haftung für Schulden der vom Zusammenbruch bedrohten Creditanstalt.
16. Juni: Rücktritt der Regierung Ender.
26. Juni: 1. Regierung Buresch; Christlichsoziale, Großdeutsche und Landbund.
13. September: Putschversuch des steirischen Heimwehrführers Walter Pfrimer scheitert.
9. Oktober: Wilhelm Miklas zum Bundespräsidenten wiedergewählt.

1932 27. Jänner: 1. Regierung Buresch tritt zurück.
29. Jänner: 2. Regierung Buresch; Minderheitskabinett von Christlichsozialen und Landbund.
6. Mai: 2. Regierung Buresch tritt zurück.
20. Mai: 1. Regierung Engelbert Dollfuß; Christlichsoziale, Landbund und Heimwehr.

1933 4. März: „Selbstauflösung" des Parlaments durch Rücktritt aller drei Präsidenten.

30. März: Regierung verfügt Auflösung des Schutzbundes.
10. Mai: Dollfuß ersetzt Regierungsmitglieder des Landbundes durch Christlichsoziale.
20. Mai: Gründung der Vaterländischen Front.
21. September: 2. Regierung Dollfuß; Christlichsoziale und Heimwehr.
3. Oktober: Bundeskanzler Dollfuß wird bei Revolverattentat verletzt.

1934 12. Februar: Aufstand der sozialdemokratischen Arbeiterschaft wird von der Regierung in schweren Kämpfen, die bis 15. Februar dauern, niedergeschlagen.
1. Mai: Die ständestaatliche Verfassung tritt in Kraft.
25. Juli: Bundeskanzler Dollfuß wird bei nationalsozialistischem Putschversuch ermordet.
29. Juli: Kurt Schuschnigg wird Bundeskanzler und bildet sein 1. Kabinett.

1935 17. Oktober: 2. Regierung Schuschnigg nach Ausscheiden von Innenminister Fey.

1936 14. Mai: 3. Regierung Schuschnigg nach Rücktritt von Vizekanzler Starhemberg.
11. Juli: „Verständigungsabkommen" mit dem Deutschen Reich.

1937 17. September: Großfeuer vernichtet Wiener Rotunde.

1938 12. Februar: Schuschnigg bei Hitler am Obersalzberg.
15. Februar: 3. Regierung Schuschnigg nach Aufnahme „nationaler" Minister.
9. März: Schuschnigg verkündet Abhaltung einer Volksabstimmung am 13. März.
11. März: Schuschnigg tritt unter deutschem Druck zurück; Seyß-Inquart bildet Regierung.

12. März: Einmarsch der deutschen Truppen beginnt.
15. März: Adolf Hitler zieht in Wien ein; Kundgebung auf dem Heldenplatz.
1. April: Der erste Dachautransport verläßt Wien.
10. April: Volksabstimmung über die „Wiedervereinigung".

1943 30. Oktober: „Moskauer Deklaration" der Alliierten verspricht Wiederherstellung eines freien und unabhängigen Österreich.

1945 29. März: Sowjetische Truppen überschreiten bei Güns die österreichische Grenze.
27. April: Staatskanzler Renner proklamiert in Wien die Wiederherstellung der Republik Österreich.

Bildnachweis

1 Seitz. Aus „Die Rote Fahne“ vom 3.7.1922
2 Renner. Zeichnung von C. Sichulski in „Das Hohe Haus in der Karikatur“, Wien 1913
3 Seipel, Kunschak und Funder. Karikatur in der Arbeiterzeitung vom 6.4.1927
4 Schober. Arbeiterzeitung vom 14.9.1928
5 Breitner. Zeichnung von Leuthe in Wiener Stimmen vom 1.2.1927
6 Tandler. Zeichnung von A. Gerstenbrand in „Wiener Köpfe in der Karikatur“, Damenspende zum Concordia Ball 1928
7 Otto Bauer. Karikatur von Stichel (Ausschnitt) in „Freiheit“ vom 28.1.1928
8 Pfrimer. Dokumentationsarchiv des österr. Widerstandes
9 Oben Reinhardt und Werfel. Zeichnung von F. A. Dolbin. Unten R. Strauss und Hofmannsthal. Schattenriß von W. Bithorn
10 Oben Karl Kraus von Alfred Hagel, unten Anton Kuh von Sipos
11 Oben Grünbaum, gezeichnet von Sipos, unten Farkas, gezeichnet von Kraft
12 Jeritza. Zeichnung (Ausschnitt). Aus M. Prawy, „Die Wiener Oper“, Wien 1969
13 Starhemberg. Karikatur in „Das Kleine Blatt“ vom 21.4.1928
14 Dollfuss. Karikatur in „Das Kleine Blatt“ vom 13.4.1933
15 Friedell. Karikatur von Urban Janke
16 Aus „Hitler a'travers la caricature“, Paris 1974

Für die Beistellung der Reprovorlagen zu den Abb. 1, 3, 4, 5, 7, 13, 14 ist der Verlag der Dokumentationsstelle der Arbeiterkammer Wien (Tagblatt-Archiv) zu Dank verpflichtet. Soweit die Urheber von Zeichnungen nicht angeführt werden konnten, ist der Verlag für Hinweise zu ihrer Ermittlung verbunden.

Inhalt

HOCH
DIE FREIE
REPUBLIK